人文小品 10

王國維的「人間」執愛與我的詩情人生

陳茂村 著

蘭臺出版社

序一　即禪即詩與王國維人間執愛

詩心不異禪心，詩境相似禪境。以禪解詩，以詩喻禪，詩情禪意，渾然成趣。雪峰義存禪師謂眾曰：「我若東道西道，汝則尋言逐句；我若羚羊掛角，汝向什麼處捫摹？」嚴滄浪亦云：「盛唐諸人惟在興趣，羚羊掛角，無跡可求。故其妙處，透徹玲瓏，不可湊泊。」皆說妙悟妙境即禪即詩也。

十數年前陸續斷食期間，思索人生，靈思泉湧，玩弄詩文，縱橫自如。又發心重讀四阿含，直入佛陀本懷，深受震撼。所思所感成篇若干，公諸網路，雖頗獲好評，固知於妙悟云云，僅得其皮未得其骨，況畫餅難以充饑，說食本來不飽，少修寡證，即或妙筆生花，亦等是媚俗戲論，為之汗顏不已，此不久封筆不再續撰之原由也。

今所以揀選而另加研究王國維人間執愛相關之論文四篇，委由蘭臺出版社印行之，蓋欲於聞思道上，為井蛙探海留下曾經踐履之足跡爾。至於少壯時期，逞才炫學，吟風弄月，所為詩文詞賦，固曾敝帚自珍，以無濟於人生之感悟，早已付諸祝融矣。

戊戌歲暮陳茂村書于僶勉書齋

序二　賞詩與妙悟

賞詩渾似學參禪，感動何須句萬千。
偶觸神機羚挂角，妙觀緣相道非玄。
冰心玉匣蓮生水，春草池塘雲在天。
洗盡影塵欣展卷，清風朗月滿窗前。

目錄

目錄

可憐開謝不同時

詩曰：君生我未生，我生君已老。君恨我生遲，我恨君生早。恨不同時生，日日與君好。

經云：「愛由於受生，起苦羅網本，以染著因緣，苦樂共相應。」

唐朝詩人杜牧出遊湖州，邂逅一少女，心生愛慕，乃先行下聘，約定十年內前來迎娶。待轉任湖州刺史，已過十又四年矣。杜牧備禮造訪，始知少女已嫁他人，並育有數子。為之唏噓不已，因撰一詩以表其憾：「自是尋春去較遲，不須惆悵怨芳時。狂風落盡深紅色，綠葉成陰子滿枝！」

宋朝酒監施某，與杭州歌妓樂婉相愛，礙於調職等等因素不能不分手。施某贈詩曰：「相逢情便深，恨不相逢早。識盡千千萬萬人，終不似、伊家好。別你登長道，轉更添煩惱。樓外朱樓獨倚闌，滿目圍芳草。」樂婉傷心之餘，回寄詩一首：「相思似海深，舊事如天遠。淚滴千千萬萬行，更使人、愁腸斷。要見無因見，拚了終難拚。若是前生未有緣，重結來生願！」

情之所鍾，偏在我輩。經云：「情愛於色，豈憚驅馳？雖有虎口之患，心存甘伏。投泥自溺，故曰凡夫。」既是凡夫，則「異見成憎，同想成愛，想愛同結，愛不能離。」於是「汝愛我心，我憐汝色，以是因緣，經百千劫，常在纏縛。」生生世世，流轉沈淪，終究不免「永入愛欲稠林，多諸苦惱，常懷愛憎。」人間的感情悲劇，遂無落幕之時矣。

「不留夙孽累兒孫，不向情田種愛根。」這只是文人的戲筆，不足為取。「雨笠煙簑歸去也，與人無愛也無嗔。」這更是聖者的境界，仰之彌高！吾人所希冀所追求的，畢竟是「人人要結後生緣，儂只今生結目前。」畢竟是「在天願作比翼鳥，在地願為連理枝。」畢竟是「得成比目何辭死，只羨鴛鴦不羨仙。」可惜生命有缺陷，世間不完美，生此娑婆，誰能擺脫「怨憎會」？誰能倖免「愛別離」？誰能抗拒「求不得」？「儂只今生結目前」的希冀，結局總是「今生已過也，結取後生緣。」「得成比目何辭死」的追求，往往落得「天長地久有時盡，此恨綿綿無絕期。」

從憎會愛離的無奈中，正可洞見人事因緣的差錯乖舛，乃是感情世界痛苦的根源之一。

「自是尋春去較遲」，是因緣的差錯；「而今重結來生願」，是因緣的乖違。「縱使長條似舊垂，也應攀折他人手。」亦是因緣的誤繆；「人面不知何處去，桃花依舊笑春風。」更是因緣的不諧；「傷心橋下春波綠，曾是驚鴻照影來。」顯是因緣的屯蹇；「還君明珠雙淚垂，恨不相逢未嫁時。」尤是因緣的作弄！

因此，再讀王國維的「臨江仙」詞，竟有了前所未有的感動。

「聞說金微郎戍處，昨宵夢向金微，不知今又過遼西。千屯沙上暗，萬騎月中嘶。郎似梅花儂似葉，朅來手撫空枝，可憐開謝不同時。漫言花落早，只是葉生遲！」昨夜才夢向金微，想不到今日即移向遼西。夢中諧歡已嘆不易，因緣差錯所造成的悵恨，在現實的人生中更如影隨形矣。

莫道花落要早，唯嘆葉生太遲！實則嘆息又有何用，或早或遲，原是與生俱來，無可選擇。凡夫既不能轉業，唯有隨業流轉，「可憐開謝不同時」，正透露吾人面對感情悲劇的無奈。

恩愛終無常，合會必有離，如何愛塵裡，度此夢中身？

下焉者，為情所長困。人生自是有情癡，衣帶漸寬終不悔，愛河沈浮，甘之如飴，頭出頭沒，到死不悟。

中焉者，心不自繫縛。了知因緣原有數，惜緣隨緣，好聚好散，聚散兩依依。曾經擁有過的，永遠珍惜與感恩。曾經抱憾的，永遠懷念與祝福。

上焉者，能度恩愛刺。一任春風上下狂，慈眼視眾生，無心問愛憎。正是：

人從愛欲生憂，從憂生怖，若離於愛，何憂何怖。

善哉！假使百千劫，所作業不亡，因緣會遇時，果報還自受。畢竟如是因如是果，欲結來生緣，且先惜今世情。

善哉！滅苦離諸惡，出欲得自在，離於恩愛獄，不動而解脫。畢竟諸法無常，觀受是苦，最上無瑕穢，唯是牟尼絕愛枝。

贊曰：愛河千尺浪，情海萬丈波。緣慳成怨憎，會聚歡情多。因緣每乖舛，長夜聞悲歌。愛箭未摧折，燈火引撲蛾。神女惱襄王，春夢一南柯。禪心不沾絮，自在出網羅！

不如憐取眼前人

楞嚴經云：「汝負我命，我還汝債，以是因緣，經百千劫，常在生死。汝愛我心，我憐汝色，以是因緣，經百千劫，常在纏縛。」

＊＊＊

甘澤謠云：唐李源與惠林寺僧圓觀為忘年交，同遊三峽寺，見婦人負甕而汲，圓觀曰：「是我託身之所，更後十二年，杭州天竺寺外，與君相見。」是夕圓觀亡。後十二年，源如約往，見有牧童歌竹枝詞，乃圓觀也。歌曰：「三生石上舊精魂，賞月吟風不要論，慚愧情人遠相訪，此身雖異性長存。」

＊＊＊

傅斯年先生撰聯曰：「無緣何生斯世，有情能累此生。」

＊＊＊

吾人都是隨業流轉的有情眾生，乘緣生而會聚，待緣滅而離散，正如禪宗五祖所言：「有情來下種，因地果還生。」遂開展了生生世世綿延不絕的悲歡離合恩怨愛憎。「不曾識面早相知，良會真成意外奇。」固是因緣早訂；「可憐開謝不同時，漫言花開早，只是葉生遲。」寧非因緣舛錯？

吾人於是憬悟：每一個邂逅，都來自於遙遠的顧盼；每一分眷戀，都注定了來日的纏綿。

既然「情之所鍾，偏在我輩。」既然「深知身在情長在」，既然做不到「與人無愛亦無嗔」，那麼「人人要結後生緣，儂只今生結目前。」且讓我們共同惜緣吧！

＊＊＊

惜緣的人，是最懂得隨緣的。所謂「命裡有時終須有，命裡無時莫強求。」畢竟人事多與願違，強求只會帶給自己痛苦，然後又將痛苦帶給對方。

隨緣的人，是最懂得付出的。因為他的快樂是建立在有人肯接受他的付出（包括愛情友情），君不見，多少人「一片芳心千萬緒，人間沒個安排處。」「誰伴明窗獨坐，我共影兒兩個。」想付出卻苦無人垂青呢！

隨緣的人，是不強求回報的。因為強求回報終將成為對方的負擔，強求不得更易由愛生恨。「人到情多情轉薄，而今真個悔多情。」結局如果竟然要去怨恨自己所鍾愛的人，那是何等殘忍啊！

隨緣的人，是最懂得感恩的。「感君纏綿意，繫在紅羅襦。」「惟將終夜常開眼，報答平生未展眉。」他永遠感謝他的愛人或友人曾帶給一段（不必永久）美好的時光，也在他生命的畫冊塗上了好幾頁絢麗的色彩。

隨緣的人，是最懂得放下的。因為他看透了緣深的時候，「慢臉笑盈盈，相看無限情。」緣薄了，又是「笑漸不聞聲漸悄，多情卻被無情惱。」看得破，放得下，天涯何處無芳草，何等自在！

隨緣的人，是最懂得寬容的。他懷念每一段情緣，衷心祝福任何一個因故離他而去的友人與情人。

惜緣的人，不會坐等良緣，他懂得積極主動去廣結善緣。

＊＊＊

要廣結善緣，就得心量廣大。心量大如虛空，則萬物與我為一體，色空不異，人我俱泯，此是聖者境界，非我凡夫所能企及。心量如大海，淨穢不擇，萬流同歸，雖投以巨石，而波瀾不驚。此等人能忍能退，忍片時，何處不風平浪靜；退一步，何往非海闊天空。平生不忮不求，又焉用不臧！至於心量狹小者，有僅能容一己者，有但能容所私者，其餘的則悍然與之相對立，竟日為得失、成敗、利害、毀譽、榮辱、是非而相爭相較，善緣未結，怨種已播矣！

唐朝的石鞏，原是獵人，經馬祖道一禪師接引開悟後，便以其弓箭度眾。有來參訪求開示者，石鞏即拉箭搭弓瞄準來人胸膛大喝一聲：「看箭！」來人無不驚惶恐懼，冷汗直冒。驚魂甫定，有人當下也開悟了。開悟的是：一個人因為自我意識抬頭，事事以自我為本位，時時樹立起「自我」的靶子，垛立招箭，因此就不免成了別人射擊的目標。如果自我的靶子沒了，別人的弓箭又要射向誰？

此則公案給予吾人無窮的啟示：愈關心自己愈保護自己愈提防他人愈排拒他人，就越容易受到傷害越容易陷於苦惱。

惜緣的人，是很能「捨」的。捨得捨得，不捨則不得，捨了「自我」，才能換得「善緣廣結」。

境由心造，緣由心結。有什麼樣的心就造出什麼樣的世界；有什麼樣的心也就結了什麼樣的緣。善緣也好，惡緣也好，孽緣也好，原來都是我心的投影。要怎麼收穫，就那麼栽吧！

平生不作皺眉事，世上應無切齒人！

＊＊＊

好喜歡晏殊的詞：「滿目山河空念遠，落花風雨更傷春，不如憐取眼前人。」好美好感人的「不如憐取眼前人」！

緣生可貴，福緣難得，冤親會離，莫非前定。

願天下有情人，都成了知己；

是前生注定事，莫辜負良緣。

天若有情天亦老

詩曰：歲去紅顏盡，愁來白髮新；今朝開鏡匣，疑是別逢人！

——唐・李崇嗣・覽鏡

晦明烏兔相推遷，雪霜漸到雙鬢邊。二十年前的一莖白，轉眼已變作滿頭絲。隨他春去春又來，看他花謝花又開，誰能不慨然長嘆：「盛年一已過，來者日日新，不如搖落樹，重有明年春！」

想起年少的情事，有些不成熟，有些不在乎，有些荒唐，有些狂傲。不成熟的時候，「少年不識愁滋味，為賦新詞強說愁。」不在乎的時候，「浮世到頭須適性，男兒何必盡成功。」荒唐的時候，「一段風流事，佳人獨自知。」狂傲的時候，「仰天大笑出門去，我輩豈是蓬蒿人！」真是青澀得可愛，狂放得可愛。如果時光可以倒流，春夢可以重溫，誰人不願再年少一次？誰人不願再疏狂一次？

草木無情，是以草木年年綠；天地無情，是以天地亙古存。如果天地亦如吾人一般多情，那麼地早已老，天早已荒。了知「身在情長在」，「天不老，情難絕，心似雙絲網，中有千千結。」這是吾人成長與成熟所必須付出的代價。懵懂無知，才有真正的歡笑與癡狂，此乃少年的專利。韶華不為少年留，年少須臾如覆手，人事的滄桑，暫「且休教少年知道」吧！

君不見，當吾人「把酒問春因底意，為誰來後為誰歸」而興嘆時，少年人卻瀟洒地高唱：「今年花事垂垂過，明歲花開應更穠！」甚至意氣風發地高呼：「誰道人生無再少，門前流水尚能西」呢！

君不見，「壯年聽雨客舟中，江闊雲低，斷雁叫西風。」君不見，「而今聽雨僧廬下，鬢已星星也，悲歡離合總無情，一任階前點滴到天明。」只有少年才能「聽雨歌樓上，紅燭昏羅帳。」何等旖旎，何等浪漫！

君不見，老大多傷悲：「年年名路漫辛勤，襟袖空多馬上塵；獻賦十年猶未遇，羞將白髮對華簪。」少年人卻磨礪以須，躍躍欲試：「十年磨一劍，霜刃未曾試；今日把示君，誰有不平事！」

君不見，多情還被無情惱，有的人覺悟了「他生莫作有情癡，人天無地著相思。」有的人覺悟了「不向情田種愛根，畫樓寧負美人恩。」只有少年人，「才會相思，便害相思。」而且無怨無悔，「幾番細思量，情願相思苦，」死心塌地的「衣帶漸寬終不悔」，為伊風露立中宵。

君不見，三更燈火五更雞，「讀盡詩書五六擔，老來方得一青衫。」到頭來不免富貴草頭露，功名陌上花。只有少年人懂得「書冊埋頭無了日，不如拋卻去尋春！」尋春須是先春早，看花莫待花枝老，教人羨煞了「何處高樓無可醉，誰家紅袖不相招」。

「萬事不如身手好，一生須惜少年時，那能白首下書帷。」風流能自賞，青春不留白，真好！

贊曰：天若有情天亦老，一事能狂是年少；無情不似多情苦，且休教少年知道！

此生此夜不長好

詩云：當時共我賞花人，檢點如今無一半！

又云：請君細看眼前人，年年一分埋青草！

有三位老先生，北上參加一年一次的同學會。晚上投宿旅社，想到今年參加的又少了幾個，不勝唏噓。甲搖了搖頭，說：「某某跟某某又走了，也不知道自己明年還有沒有機會來參加呢！」乙正在脫鞋，聽了苦笑著說：「還望到明年啊？這鞋子一脫，不知明早能不能再穿上哪！」丙長嘆一聲，道：「明早啊，不錯啦！只恐怕這一口氣出去，下一口氣已不進來了呢！」

國土危脆，世間無常，「人命在呼吸之間」，這是佛陀對吾人的開示。

可惜吾人無始以來，被妄想執著所繫縛，心如猿意如馬，妄念等瀑流，狂心曾不得少歇。因此總是活在瞻前顧後、送往迎來之中，卻忘了今天才是真真實實的存在，更不用說活在「當下」了。

請看，曾經多少人愚癡地唱著「明日會更好」這首歌。希冀明日會更好，顯然今天不好。可是等到明日變成了今日，今日更好了嗎？答案通常是否定的，於是又冀望「明日會更好」，永遠活在虛幻的明日中。殊不知日子並無好壞，「若無閒事掛心頭，便是人間好時節。」只要有顆專注的心，必然日日是好日也。日日是好日，我的今日不是夢，否則，希冀「我的未來不是夢」，未來卻一定只是夢！

畢竟：明日復明日，明日何其多，我生待明日，萬事成蹉跎！

浮生夢一場，轉眼成古今。如何活在眼前？如何活在當下？祖師有言：「饑來吃飯睏來眠。」就是這麼單純！可惜吾等凡夫，顛倒成執，吃飯時不肯好好吃飯，總要百般計較；睡覺時不肯好好睡覺，總要千般思索。一顆心不是憶念過去，就是想像未來。腦子塞滿了前塵影事與夢幻光景，於是食不甘，寢不安，心不定，事不成，永遠渾然不覺活在憂悲惱苦之中。一旦無常到來，舊夢難溫，新夢破碎，尚未醒覺過來，今生已成隔世了。

君不見，「綠楊煙外曉雲輕，紅杏枝頭春意鬧。」春光如是旖旎，正應「傳與風光共流轉，暫時相賞莫相違。」可是活在過去的竟是「若是春歸歸合早，餘春只攪人懷抱。」活在未來的又是「若到江南趕上春，千萬和春住。」於是隨著花開葉落，春去秋來，不免「正是傷春罷，卻向春風亭畔，數梧桐葉下」了。

君不見，「桃花嫣然出籬笑，似開未開最有情。」正應有花堪折直須折。可是吾人多的是觸景生情：「今年花似去年好，去年人到今年老。」不然就是：「今年花勝去年紅，可惜明年花更好，知與誰同？」一朝花盡紅顏老，即使「白頭縱作花園主」，卻也「醉折花枝是別人」了！

君不見，「冉冉赤雲將綠繞，回首林間，無限斜陽好。」夕陽紅似燒，夕陽無限好，又何必要去感歎「只是近黃昏」呢？又何必要去「為君持酒勸斜陽，且向花間留晚照」而自尋煩惱呢！畢竟人生能有幾度夕陽紅呢？

君不見，「中庭月色正清明」，念及「此生此夜不長好」，豈能辜負如此良宵？吾人卻偏偏要對月概嘆：「似此星辰非昨夜，為誰風露立中宵？」偏偏要對月思索：「初生欲缺虛惆悵，未必圓時即有情。」

過去的已是煙消雲散，未來的究竟縹緲無據。只有當下才是生命存在的唯一憑藉。在當下裡，我們才是自己真正的主人。我們可以專注地呼吸，感覺到能呼吸真好！我們可以專注地吃飯，感覺到每一口飯菜的美味。我們可以專注地讀書，感覺到如對聖賢。我們可以專注地戀愛，感覺到愛與被愛的喜悅。我們可以專注地工作，肯定渺小自我的高貴價值。

在當下裡，我們才真正察覺生命的脈動，我們才真正相信自己的活著。擁有生命始有希望，確實活著才有意義，否則不過是行屍走肉罷了。

在當下裡，只有專注，只有醒覺，沒有計較，沒有分別。因此，得失、榮辱、成敗、毀譽、是非、功過，都是泡影露電，虛幻不實。只有在當下裡，才真正可以「盡其在我」，也只有在當下裡，才真正能夠「無愧於心」。

有個禪師，道行高深，預知辭世時日。時日到來，盤坐床上，與諸弟子一一話別。雖然有些疲憊，卻仍不忘對諸弟子作最適切之勉勵。最後，禪師最疼愛而行腳遠方的一位徒弟聞訊趕回來了，禪師眼睛一亮，說：「你終於回來了，我可等著你呢！我最愛吃的那種糕餅帶回來沒有?」徒弟悲傷地回道:「我雖然急著要趕回來,那能忘了讓師父享受最後一次的糕餅呢?」這種默契,使得禪師又神采奕奕起來,說:「傻徒弟,悲傷什麼呢?不生不滅無來無去的教誨都丟到那裡去了?況且六祖不有言乎:吾滅度後,依此修行,如吾在日。若違吾教,縱吾在世,亦無有益。」說罷,就津津有味地吃起糕餅來,吃完之後,擦擦嘴巴,滿足地環顧諸弟子。有一位弟子向前請求:「請師父慈悲,再給弟子們作最後的開示吧!」「哦!真好!這個糕餅真好吃!大家牢牢記住,這就是我給你們最後的開示!」然後就含笑往生了。

啊!真好!活著的當下自在無礙,往生的當下也自在無礙!

是日已過,命亦隨減。如少水魚,斯有何樂?當勤精進,如救頭然。但念無常,慎勿放逸!

好好地專注地活在每一個當下吧!

畢竟:此生此夜不長好,明月明年何處看?片時歡笑且相親,有酒不飲奈明何!

善哉無常是我師

詩云：華年似水向東去，兩鬢不禁白日催；一息不回已隔世，紅顏轉瞬化塵埃！

無情春色從來不長久，有限年光畢竟多盛衰，風塵頻催白首，歲月漸損紅顏。可惜吾人卻總活在瞻前顧後送往迎來中，錯過了眼前美麗的光景，忽視了迅速無常的警示。等到春花秋月等閒過，回首前塵，恍如一夢，夢中多憂多惱，夢中多悔多怨，為之唏噓不已，卻又癡迷難悟。最後只落得「生死衰年兩不堪，生非容易死非甘。」

雨天未至，吾人知道風雲不測，因此預備了雨傘；電力未斷，吾人知道供電不穩，因此預備了蠟燭。而生死事大，吾人竟然懵懂以對，渾噩不醒。故知生前不安穩，其來有自，臨終遺大憾，良有以也！

上駟只要看到主人揮鞭的影子，馬上拔腿就跑；中駟只要主人的鞭子輕輕落在身上，立即加快腳步；而下駟卻總是等到被鞭子打得疼痛難忍，才知道要加把勁了。至於等而下之的，即使已皮開肉綻，卻仍施施然，茫茫然，直到被送往屠宰場還不知怎麼一回事呢！

吾人身邊也有一條「無常」的鞭子，請問吾人是如何應對呢？是扮演人中之上駟？中駟？下駟？抑或等而下之的呢？

傳說印光大師的佛堂，沒有佛像，沒有字畫，牆壁上只有一個大大的「死」字。唸佛也對著「死」，讀經也對著「死」，打坐也對著「死」。無常的影子，隨時警惕著人命僅在呼吸之間，「當知生死事無常，莫道先從老者亡，大限到來無定準，後生年少也提防。」不把握當下，不活在當下，必然死生俱是夢，一夢等黃粱。偉哉大師！智哉大師！真佛門上駟也！

忽然憬悟：「是日已過，命亦隨減，如少水魚，斯有何樂。當勤精進，如救頭然。但念無常，慎勿放逸！」真好！真是當頭棒喝！原來吾人所以玩歲愒日，所以放逸浪蕩，根源正是不能善體「無常」；原來吾人不能活在當下，不能當下自在，癥結就在不能善念「無常」也。能念無常，則能勤精進，則能不放逸，則能惜當下如救頭燃。

善哉！無常是我師！妙哉！無常是我師！

「不必待零落，始知春已空。」無常的警示是如影隨形的，問題是吾人總是習焉不察，渾然不覺。猶如佛陀處處拈花，獨少迦葉對之微笑也。無怪千載而下，聖哲一向是那麼寂寞！

試看：「今朝歡宴勝平時」，「千家笑語漏遲遲」的時候，有誰注意到「笑漸不聞聲漸悄」，而能「憂患潛從物外知」呢？

當「今年花事垂垂過」，多數人卻樂觀的希冀「明歲花開應更穠」，又有誰警覺到「看花終古少年多，只恐少年非屬我」呢？

面對「夕陽紅似燒」，「夕陽無限好」，慣常聽到的是慨嘆「只是近黃昏」，誰能悚然於「青山依舊在，幾度夕陽紅」呢？

忽視了無常，人生是放縱的、沈溺的、病態的、自賤的、是苦中作樂的、是無病呻吟的。因為沒有了當下，人必然活在怨悔的過去與虛幻的未來之中。

唯有正視了無常，人生才有真實、醒覺、專注與自在。畢竟每一個當下，都讓吾人感受到生命的脈動。每一個當下，都讓吾人感受到確實的活過。只要確實的活過，無論是悲歡離合，不管是陰晴圓缺，人生復有何憾！

因此，「閱盡天涯離別苦」而耽於「滿目山河空念遠，落花風雨更傷春」的時候，且讓我們「不如憐取眼前人」吧。

因此，「中庭月色正清明」、「一星如月看多時」的時候，且讓我們「願我如星君如月，夜夜流光相皎潔」吧。

因此，「遊人不管春將老，老往亭前踏落花」的時候，且讓我們「腳跟倦時且小歇，山色佳處須細看」吧。

對於佛門中人，蓮池大師的念佛開示，更予吾人無窮之啟發也：

若人煩忙，忙裡偷閒，正好念佛。若人處閒，心無事擾，正好念佛。

若人有病，要除病苦，正好念佛。若人無病，身體安康，正好念佛。

若人年少，精神清爽，正好念佛。若人聰敏，逢事通曉，正好念佛。

若人愚蠢，凡事無能，正好念佛。若人富貴，受用現成，正好念佛。
若人貧賤，家少連累，正好念佛。若人有子，安享孝養，正好念佛。
若人子逆，免生恩愛，正好念佛。若人無子，孤身自由，正好念佛。
正是：年老更思光景短，撇下塵情唯念佛。有限光陰當愛惜，今生蹉過出頭難！

唯有如此，時時可念佛，處處可念佛。每一個當下都可自在，每一個當下都可承當。自在念佛，承當念佛，「玉在池中蓮出水，污染不能絕方比。大家如是若承當，洞庭一夜秋風起。」是心是佛，是心作佛，西方即在方寸矣。

一代豪傑文文山，臨刑之際，神色泰然，說：「吾事畢矣！」因為「唯其義盡，所以仁至」，是故「而今而後，庶幾無愧。」文山公的無愧，正是生死無愧，更是生死無憾啊！

「百年那得更百年，今日還須愛今日。縱能拂衣歸故山，農耕社稷亦不閒。何如且會此中趣，別有生涯天地間。」王世貞自云夢中得此佳句，實亦深具善體無常之宿慧也。

只要當下自在，那麼無常到來之時，吾人亦可泰然的說：「吾事畢矣！」

贊曰：人生真實唯當下，過未執迷總是癡；風光欺鬢陵谷變，體念無常是我師！

看花終古少年多

詩曰：今年花事垂垂過，明歲花開應更嚲；看花終古少年多，只恐少年非屬我。勸君莫厭金罍大，醉倒且拼花底臥；君看今日樹頭花，不是去年枝上朵。

這是王靜安所寫〈玉樓春〉詞，花謝花開，春去春來，直是尋常事，然一去一來之間，誰知青春已暗逝幾許？今年之春天消逝矣，明年之春天依舊旖旎明媚；今年之花季消歇矣，明年之花朵依舊嬌艷迷人。年年賞花多少年，歲歲少年各不同！青春易老，韶華不待，一朝「淚眼問花花不語」，朱顏已憔悴矣。

君不見，梨花落盡成秋色，園林漸覺清陰密；君不見，高堂明鏡悲白髮，朝如青絲暮成雪。人事有代謝，往來成古今。人生畢竟是如此無常，如此短暫，念及天地蒼茫，宇宙無窮，遽又感嘆自我竟是如此渺小也！豈不聞陳子昂〈登幽州台歌〉乎：

前不見古人，後不見來者，念天地之悠悠，獨愴然而涕下。

登高望遠，撫今追昔，逝者已矣，縱是當年叱吒風雲，赫赫不可一世之英雄豪傑，而今安在哉？「雲台不見中興將，千古轉頭歸滅亡」，終究不免墳土一堆而已。善哉鍾嗣成〈紅繡鞋〉曲云：

楚霸王休誇勇烈，漢高皇莫說豪傑，一個舉鼎拔山，一個斬白蛇，漢陵殘月照，楚廟暮雲遮，二英雄何處也！

英雄如此，況凡夫俗子哉！而瞻望來者，後生可畏，又不得見，所見者，唯我輩短暫之軀而已。孤獨空虛之感，遂油然而生矣。況乃天地山川，浩浩藐藐，蒼蒼茫茫，不知其所始，不知其所終，置身其間，眇如滄海之一粟，瞬息將與草木同朽，孰能不悲從中來，潸然而涕下？陳子昂千載而後，徐志摩亦有詩云：

我仰望群山的蒼老，他們不說一句話
陽光描出我的渺小，小草在我腳下

＊＊＊

我一人停步在路隅，傾聽空谷的松籟
青天裡有白雲盤踞，轉眼間忽又不在

然則白雲蒼狗，變幻無常之感，顧影自憐，孤寂落寞之悲，古今詩人有相同者矣！而世人汲汲攘攘，方且競逐功名利祿之不暇，有至死而不悟者，其視蜉蝣之爭朝夕，寧有五十步與一百步之區哉？一代哲人王靜安洞觀人生底蘊，而有〈浣溪沙〉詞云：

山寺微茫背夕曛，鳥飛不到半山昏，上方孤磬定行雲。試上高峰窺皓月，偶開天眼覷紅塵，可憐身是眼中人。

一旦吾人亦能洗落俗氛，超然塵外，以我慧眼迴觀塵世，則世人之碌碌生計，曾不與他種生物少殊，此可憐者一也玘而遽又發現自身竟然亦是眼中人之一，憐人之餘轉以自憐，則更將是何等感慨，何等悲哀也！

於是人生也者，在詩人筆下，遂是如此空幻虛緲而不可恃：「百歲光陰一夢蝶，重回首往事堪嗟。」人生如夢也。「對酒當歌，人生幾何，譬如朝露，去日苦多。」人生如露也。「人生無根蒂，飄如陌上塵。」人生如塵也。「天地者，萬物之逆旅；光陰者，百代之過客。」人生如寄也。「人生只似風前絮，都作連江點點萍。」人生如萍如絮也。而鄭西諦詩云：

人生帶著一面鼓，一邊走著，一邊打著
在淒涼的鼓聲中，一步步地向墓場走去

在鑼鼓聲中，幕起幕落，開展多少悲歡離合，換盡多少舊人新人，人生更如戲也！人生如戲，戲如人生，生即幕啟，死即幕落。吾人終須在人生舞台上，飾演屬於自己之角色，於是萬丈紅塵，益形熙攘矣！

或感於千金不易唯青春，人生難得是少年。有花堪折直須折，豈待無花空折枝？有酒堪飲須沈醉，樽前莫話明朝事。李太白不云乎：「人生得意須盡歡，莫使金樽空對月……古來聖賢皆寂寞，唯有飲者留其名。」韓昌黎不亦云乎：「一年明月今宵多，人生由命非由他，有酒不飲奈明何？」最是人間留不住，朱顏辭鏡花辭樹，一朝春盡紅顏老，人間事事不堪憑！唯有及時行樂，始堪聊為有缺憾人生之慰藉也。

亦有民胞物與，恫瘝在抱者，悲天憫人，憂時憂國，憂天下之未憂，樂天下之已樂，思以有限之年，罄其微軀之力。「自謂頗騰達，立登要路津，致君堯舜上，再使風俗淳。」杜子美也；「寂寞已甘千古笑，馳驅猶望兩河平。」陸務觀也。使一眾生未得度，我佛終宵有淚痕，人飢己飢人溺己溺，真是人間菩薩也！

至若敝屣尊榮，輕拋名利，擺脫塵網，遯入山林。一丘一壑，一泉一石，皆見真趣；一花一木，一魚一鳥，皆契其心。如劉長卿者，「寂寂孤鶯啼杏園，寥寥一犬吠桃源，落花芳草無行處，萬壑千峰獨閉門。」如憨山大師者，「垂垂白髮對青山，身在千巖萬壑間，寂寂松門無過客，往來唯有白雲閒。」甘於寂寞，不染世塵，山中歲月不知年，萬物靜觀皆自得，羨煞多少風塵披身無由看破放下之人間客！

吾人究須扮演何種角色，始能化短暫為永恆，易渺小為崇高，使人生多彩充實而無憾也？及時行樂乎，則「十年一覺揚州夢，贏得青樓薄倖名。」且非具翩翩風流，不能為也；況苦樂相生，樂極不免生悲！欲隱逸山林，優游世外乎？則夫子有言：「鳥獸不可與同群，吾非斯人之徒與而誰與？」又不忍為也。然則仰慕聖賢，學做菩薩，正吾人所當戮力從事者矣。成聖賢做菩薩，談何容易！然高山仰止，景行行止，雖不能至，心嚮往之。吾人但能居仁由義，勵學修身，心懷悲憫，不棄庶類，一切盡其在我，仰不愧，俯不怍，既心安而理得，無往而不適，此身可云不虛得，此生可云不虛度矣！

劉復有〈落葉〉詩一首，正予吾人無窮之啟示也。

秋風把樹葉吹落在地上
它只能悉悉索索
發幾陣悲涼的聲響
它不久就要化作泥
但它留得一刻
還要發一刻的聲響
雖然這已是無可奈何的聲響了
雖然這已是它最後的聲響了

未有花時已是春

莫學深顰與淺顰，風光一日一回新；
禪機拈出憑君會，未有花時已是春。

夏承濤．無題

吾人無邊的煩惱，並不來自外在，而是來自我們的內心。畢竟境由心造，有什麼樣的心就會造出什麼樣的世界。

吾人之所以為凡夫，因為我們原本具足的智慧德相，已長期被妄想執著所遮覆。在在以自我為本位，處處樹立自我之靶子。於是，愈圖利自己，愈加劇與人之衝突對立；愈保護自己，愈容易遭受他人傷害。自我意識抬頭了，更助長了吾人的貪婪、愚癡、瞋恨，終日分別計較的，全是是非、得失、毀譽、榮辱、成敗、功過。不幸的是，慾豁難填，不如意事卻十常八九，患得患失的結果，不免要浮沉在滔滔的煩惱海中了。而「avoid立招箭」的代價，則是活在揮之不去的不安恐懼的陰影之中。

如果吾人的心靈能從自私自利自大自多的我執中掙脫出來，那麼，少一分自我，就多一分認同與包容；少一分貪婪，就多一分知足；少一分愚癡，就多一分自在；少一分瞋恨，就多一分喜悅。該放下的放下了一分，不該有的煩惱就去除了一分。如此就不必像一般人那樣，整天大煩惱小煩惱不斷。放下愈多，心靈就愈自在，日子也就一天比一天風光奐然了。

王國維曾把人生分為三種境界：「昨夜西風凋碧樹，獨上高樓，望盡天涯路。」此第一境也。「衣帶漸寬終不悔，為伊消得人憔悴。」此第二境也。「眾裡尋他千百度，驀然回首，那人卻在燈火闌珊處。」此第三境也。由欲望的生起，而癡迷不悔，而終憬然徹悟，正道出了古今成大事業大學問者之心路歷程。

個人依夏承濤先生之卓見，也試著以理解的角度，把人生劃分為四種境界：

「春未殘時花已空」（蘇曼殊詩），春未遠離，心中的芳菲早已消歇。極度的自卑自棄，不敢面對現實，不能入不能出，拿不起遑論放得下，此第一境也。

「風定花猶落」（杜甫詩），風已止，春已逝，可是心中的花瓣仍然飄落不止。活在過去的悲劇之中，不敢面對嶄新的今日，能入不能出，拿得起放不下，此第二境也。

「花落春猶在」（俞樾詩），花已凋殘，春已遠逝，旖旎迷人的春景卻仍駐留心坎。永遠活在美麗的記憶中，日子充滿了希望，能入又能出，拿得起放得下，此第三境也。

「未有花時已是春」（夏承燾詩），不必等到花開，心中已然春天。沒有等待，當然沒有失落；沒有束縛，當然毋需解脫。智慧具足，喜悅具足，無往而不自得。「春有百花秋有月，夏有涼風冬有雪，若無閒事掛心頭，便是人間好時節。」一年三百六十日，日日是好日，出入自如，更無所謂拿起放下，此第四境也。

禪機拈出，拈出的究竟是什麼？亦不過「放下」二字而已。放下了小我，融入了大我；放下了分別執著，換取了安祥自在；放下了貪瞋癡，體現了戒定慧。如此的人生，將不知煩惱為何物了。

未有花時已是春，恁麼心境正如如！

可憐不遇攀花手

詩曰：江上悠悠不見人，十年塵垢夢中身。殷勤為解丁香結，放出枝間自在春。

靈山會上，我佛拈花示眾，大弟子迦葉見之，破顏而笑。佛說：「吾有正法眼藏，涅槃妙心，今付囑摩呵迦葉。」好美好美的故事，也因此開展了美麗動人的禪的世界。對於這個故事，有人讚嘆，有人羡慕，有人抱憾。讚嘆的是，妙心相應，妙法相傳。羡慕的是，值佛之世，躬逢盛會。抱憾的是，末法時期，誰為拈花？

實則，心佛眾生，三無差等。我佛何曾遠離，只以吾人顛倒夢想，不能相契，猶如彌勒菩薩所嘆：「時時示時人，時人自不識」也。我佛處處拈花，只以吾人塵網纏縛，不能會得。果能會得，必如智者大師，親睹「靈山勝會，儼然未散！」

禪，其實並不神秘，在識本心，在識自性而已。五祖有云：「不識本心，學法無益。」

六祖亦云：「若識自性，一悟即至佛地。」自性本心安在？且參：

莫道水清偏得月，須知水濁亦全天。請看風定波平後，一顆靈珠依舊圓。

或參：

我有明珠一顆，久被塵勞封鎖。一朝塵盡光生，照破山河萬朵。

畢竟一花一世界，一葉一如來，山河並大地，全露法王身。經典教戒，山川草木，何處非如來示現？何處無如來拈花？

五祖為說金剛經，至「應無所住而生其心」句，惠能言下大悟，云：「何期自性，本來清淨；何期自性，本無生滅；何期自性，本自具足；何期自性，本不動搖；何期自性，能生萬法。」此拈花微笑也。

東坡居士宿東林寺，忽然有省，「溪聲便是廣長舌，山色豈非清淨身。夜來八萬四千偈，他日如何舉似人。」此拈花微笑也。又觀潮有感，「廬山煙雨浙江潮，未到千般恨不消。到得原來無別事，廬山煙雨浙江潮。」又一次拈花微笑也。

靈雲志勤禪師，一日見桃花開而有證，云：「三十年來尋劍客，幾回落葉又抽枝。

自從一見桃花後，直至如今更不疑。」亦拈花微笑也。

法眼文益禪師，見落花而當下徹悟：「艷冶隨朝露，馨香逐晚風，何須待零落，然後如知空。」正是：長說滿庭花色好，一枝紅是一枝空！又是拈花微笑也。

梅花開放，人人得見，而無名女尼因之開悟，云：「盡日尋春不見春，芒鞋踏破嶺頭雲。歸來偶把梅花嗅，春在枝頭已十分。」豈非拈花微笑？

「頻呼小玉元無事，只為檀郎認得聲。」艷詩只是艷詩，一般人最多讀來心搖意蕩，昭覺克勤禪師一聞竟澈見本來面目，難道不是拈花微笑？

正是：木犀盈樹幻兼真，折贈家家拂俗塵。莫怪靈山留一笑，如來原是賣花人！

我佛大慈大悲，諄諄說法開示至今，處處拈花示眾至今，可惜：「颯颯秋風滿院涼，芬芳籬菊半經霜。可憐不遇攀花手，狼藉枝頭多少香！」只因吾人不是攀花手，故不聞花香而微笑。世之攀花手，正自微笑而高吟：「一口吸盡西江水，鷓鴣啼在深花裡。自有知音笑點頭，由來不入聾人耳！」

法門八萬四千，原來只在修心，只在識心。「識自本心，則名天人師、佛。」如今，流水至「本來無一物」的已經惹了塵埃，只要「時時勤拂拭」，何愁心不開意不解。流水至溝渠成，功夫深菩提證。學佛無速成途徑，什麼灌頂印心，什麼點竅通靈，似此心外求法，畢竟隔靴搔癢，不能究竟。

雲在青天水在瓶，何須丙丁童子更求火！

好花看到半開時

有人說，不喝酒的人，「有我而無酒」，無緣領會喝酒的樂趣。喝醉酒的人，則是「有酒而無我」，爛醉如死，一樣忘了酒是何物。唯有好友相聚，情人歡對，小飲數杯，可忘憂，可助興，微微醉，醺醺然，所謂「有我又有酒」，人生至此，神仙不易也！

「春早見花枝，朝朝恨發遲。」東風初來，含苞未放，令人愁眉難展。而一旦「花開滿樹紅」、「蝶醉蜂癡一簇香」，對之終將不免要「盡日問花花不語，為誰零落為誰開」而悵然不已也。唯有「芳樹春花色正明，初開似笑聽無聲」，一如二八佳人，綺扇半遮，羅衫半掩，含情凝睇，風姿綽約，正是「臉膩香薰似有情，世間何物比輕盈。」誰能不為之傾倒而魂牽夢縈呢？

過猶不及，孔老夫子早有垂訓。人生處事，亦如飲酒看花，如何臻於微醉半開之境界，就有賴各人的智慧了。

「太上忘情」，化小愛為大愛，此是聖者境界。忘情不是無情，豈不聞乎：「若有眾生未得度，我佛終宵有淚痕。」凡夫錯用，則心如槁灰，如冰炭，絕情至極，不如禽獸矣。無怪修行人修到「枯木倚寒巖，三冬無暖氣」，要被老婆子呵逐也。

然「情之所鍾，偏在我輩」，沈之溺之，追求「千年長交頸」的結果，往往落得「人到情多情轉薄，而今真個悔多情。」不免要浩嘆「它生莫作有情癡，人天無地著相思」了！

唯「其次不溺於情」，一切隨緣，緣生則會聚，緣滅則離散，了知因緣原有數，能不溺於情，何止「其次」，對於非是賢聖之吾人實乃真真正正的「太上」也。蓋情之為物，近之則狎昵而不遜，遠之則疏闊而怨懟，唯不忘情，不溺情，淡中有味，相敬如賓，始能細水長流也。

「世事雲千變，浮生夢一場。」庸庸碌碌，仰人鼻息，「誰知失意時，痛於刃傷骨」，固是可悲可憐；而徵逐名利，浮沈宦海，才高招忌，勢大召禍，不免身為之敗，名為之裂，一旦刑戮到來，還要禍延子孫。「吾觀自古賢達人，功成不退皆隕身。」物極必反，古有明訓，史實俱在，不容置疑。

唯有會得「生前富貴草頭露，身後風流陌上花」，才能澈悟為什麼「看盡人間興廢事，不曾富貴不曾窮」，也才能居高思危，急流勇退。畢竟頤養天年是真實，功名富貴鏡中花也。「亦欲歸栖同一笑，酣歌不減少年狂。」何等逍遙自在，何等羨煞人也！

彈琴時，紘太鬆，則渙散不成聲；紘太緊，則激亢而易斷。只有不弛不緊，始能「松間風入，石上泉流」而韻遠味長也。修道之人，縱欲則喪天真，苦行則乖自然；偏空易成執，著有必成縛。唯離兩邊而持中道，始有見道之日也。

原來，看花是藝術，飲酒是藝術，彈琴是藝術，修道是藝術，談情是藝術，處事是藝術，除卻藝術，人生不成人生矣。

美酒教飲微醺後，好花看到半開時，這般意思難名狀，只恐人間都未知！（宋・邵雍〈安樂窩中吟〉）

芭蕉葉上無愁雨

爬過山的人，都知道「山不轉路轉，路不轉人轉」的道理，可是「人不轉」的時候，卻不知道可以「心轉」呢！

心為工畫師，能畫諸世間。境由心造，什麼樣的心就造出什麼樣的世界。「芭蕉葉上無愁雨，只是聽時人斷腸！」外在的山河大地，內在的歡欣憂苦，都不過是我心的投影而已。

快意的時候，「綠楊煙外曉雲輕，紅杏枝頭春意鬧。」失意的時候，「淚眼問花花不語，落紅飛過秋千去。」悲愁的時候，「春色惱人眠不得，月移花影上欄干。」閒適的時候，「春色滿園關不住，一枝紅杏出牆來。」試問，花只是花，何曾不語何曾喧鬧？春色只是春色，何曾惱人何曾出牆？

心自囚的時候，「出門即有礙，誰謂天地寬？」心解脫的時候，「蓬蒿三畝居，寬於一天下。」癡迷的時候，「厚地高天，側身頗覺平生左。」開悟的時候，「乾坤大，霜林獨坐，紅葉紛紛墮。」試問，天地何來寬窄？或無處容身，或心包太虛，原來都只在一念之間。

山重水複疑無路，心一轉，退一步，往往柳暗花明又一村，何處不是海闊天空？

大家熟悉的哭婆，晴天想到賣雨傘的大女兒，雨天想到晒米粉的二女兒，因此不能不天天傷心痛哭。經人指點，晴天轉想晒米粉的二女兒，雨天轉想賣雨傘的大女兒，從此天天開心大笑了。日子本無好壞，心一轉，哭婆竟然可以變成笑婆！

日本有位將軍，一生戎馬，為國奉獻。等退休之後，利用優渥之退職金，實現了年輕就有的夢想：玩賞起古董來。幾年之間，蒐羅頗豐，還特別開闢一室珍藏。閒來無事，瀏覽把玩一番，竟覺得人生到此，真死而無憾矣！

有天，他又來到古董室，拿起一只他最鍾愛的宋朝青花磁瓶，想到這是稀世的珍寶，竟能為自己所擁有，不禁得意地仰天大笑起來。不意一不小心，磁瓶脫手而落。好在他還算眼明手快，一把又接住了。可是在這瞬間，已是冷汗全身，魂飛魄散。等回神過來，他開始有了嚴肅的反省。

他想到了，這輩子馳騁沙場，出生入死，卻從未有如今天這樣恐懼。探討恐懼來自何處，竟只為了害怕失去一個瓷瓶而已，原來自己已成了古董的奴隸，原來自己的苦樂都由古董來支配。古董固然帶來很多歡喜，卻也帶來自己一向有意不去面對的不安苦惱：有自己中意的古董，對方卻不肯割愛；對方願意讓售了，自己卻買不起；咬緊牙買進了，卻心痛了好幾天。怕古董被打破，不准妻兒友朋進入觀賞，人無形中愈來愈孤僻。夜間怕小偷侵入，時常做惡夢。又想到百年之後，這些寶貝誰來照顧。原來古董帶給的苦惱竟多於快樂啊！為了這些古董，自己的尊嚴人格已然不存！

他終於開悟了，拎起剛剛差點掉破的磁瓶，往地上一摔，波的一聲，心中的執著全部打碎。從此一切隨緣，喜愛的古董自己擁有也歡喜，到他人家觀賞也歡喜。歡迎妻小友朋分享收藏的喜悅，又拾回了親情與友情。體認到了事物無常，沒有什麼東西是可以永恆不變的，也因此而可夜夜安眠無憂。

這個故事真好，它告訴了我們：心不轉，我為物役；心能轉，物為我用。

其實，修行亦是如此。心不轉，身被外物所纏縛，財色名食睡，不免成了地獄五條根。心轉了，常念身無常，終知萬般帶不去，唯有業隨身。於是勤修戒定慧，止息貪嗔癡。超凡入聖，關鍵在此。

佛陀證悟之後，一樣托缽乞食，一樣洗足敷坐，與吾人的差別，只是心境不同罷了。「盡日望雲心不繫」，「詩思禪心共竹閒，任他流水向人間」，境隨心轉進而心無所住，則為佛為菩薩；「桃花竟日逐流水」，「過盡千帆皆不是，斜暉脈脈水悠悠」，心隨境轉而為境所驅役，則為眾生為凡夫。

吾有大患，在我有身。身不能轉，且讓我們來心轉吧！

畢竟：雁度寒潭，雁去潭不留影；風來疏竹，風過竹不留聲。畢竟：竹影掃階塵不動，月穿潭底水無痕！

立錐莫笑無餘地

詩曰：青山幾度變黃山，浮世紛紜總不安。眼裡有庵三界窄，心頭無事一床寬。

「他人騎大馬，我獨跨驢子，回顧擔柴漢，心下較些子。」看人騎馬我騎驢，心中不免有些不平。可是回頭一瞧，還有挑夫在後頭，比上不足，比下有餘，一定為之欣慰多了。

佛遺教經告訴我們：「知足之法，即是富樂安穩之處。知足之人，雖臥地上，猶為安樂；不知足者，雖處天堂，亦不稱意。不知足者，雖富而貧；知足之人，雖貧而富。」

老子也說：「知足不辱，知止不殆。」

人心不足蛇吞象，慾望擴張的結果，心靈變成了這副臭皮囊的奴隸。鼴鼠飲河，只是飽腹；禽鳥棲林，不過一枝。吾人五尺之軀，卻恨不得獨佔天下。對於財色名食睡的永不滿足，終將成為生前的禍根，死後的業障。

個人很喜歡司馬遷的史記，每一次讀到了李斯列傳，面對他臨死的悲鳴，總忍不住為之動容。

李斯年輕時為官府的小僕役，俸薄事少，倒也知足。平日，經常看到廁所中的老鼠，全身髒臭，遇人犬接近，就驚恐萬狀，往往失足墮入糞坑。有天，偶然進入糧倉，發現倉庫裡的老鼠，住的是大空間，吃的是新大米，養尊處優，少有人狗的騷擾。李斯頓時有悟，感嘆道：「人之賢不肖，譬如鼠矣，在所自處耳！」有此超夐的大智慧，以之學聖賢成聖賢，以之學菩薩成菩薩，李斯卻選擇了從荀子學帝王之術。

舜何人也，予何人也，有為者亦若是。經過一番奮鬥，終於為秦國丞相，印證了當年「在所自處耳」之感嘆。一人之下，萬人之上，「丞相居外，權重於陛下。」意氣風發，何可一世！

能夠知足，雖萬人之下，亦安之若素；不能知足，雖一人之下，憮然若失。無限度的權力追求，終於被構陷謀反腰斬於咸陽。臨刑之際，含淚對一起受死的愛子說：「吾欲與若，復牽黃犬俱出上蔡東門逐狡兔，豈可得乎！」

與愛子牽著黃狗，到城外追逐狡兔，大自然為伍，過著與世無爭的生活。這個願望，何等尋常！只要「放下」，隨時「可得」，一念之差，「豈可得乎」？

我們都看過乞丐，總覺得他們好可憐。可是，如果他們只要乞得三餐溫飽就能滿足，雖無志氣，倒也不怎麼可憐。真正可憐的，是不能知足的人：「貪得者分金恨不得玉，封公怨不受侯，權豪自甘乞丐。」原來這等人才是最貧窮最可悲的大乞丐啊！原來知足才是最大的財富！豈不聞白居易云：「心足身非貧。」豈不聞陶淵明云：「辛苦無此比，常有好容顏。」豈不聞唐寅云：「立錐莫笑無餘地，萬里江山筆下生。」

有位先生，不喜攀援，不屑逢迎，幹了一輩子公務員，兩袖清風，青菜豆腐，怡然自得。他的一個朋友，帶著惋惜的口吻對他說：「要是你肯放下身段，懂得拍拍馬屁，討好上司，你就可以像我一樣升官發財，過著舒舒服服的日子，也就不必這麼可憐靠青菜豆腐度日了。」這位先生卻淡淡的回答：「要是你學會怎樣以青菜豆腐過日子，你就不必那麼可憐的去拍上司的馬屁了。」

資源有限，慾豁難填。因此週遭充斥的是，爾虞我詐，衝突對立。欲覓心安，了不可得，有的只是患得患失帶來的無邊苦惱。欲求身安，更不可得，有的只是利害衝突帶來的殺身之禍。轉眼富貴空華，功名塵土，誰又能想到「是非成敗轉頭空，青山依舊在，幾度夕陽紅。」誰又能記起「雲台不見中興將，千古轉頭歸滅亡。」

「貪欲生憂，貪欲生畏。無所貪欲，何憂何畏。」旨哉佛陀之言！

難得糊塗不糊塗

詩曰：每憶纖鱗游尺澤，翻愁弱羽向荒垓。寸祿應知沾有分，一官常懼處非才。

陽朱前往宋國，住在客棧裡。客棧的主人有兩個妾，一個漂亮，一個醜陋。可是醜陋的卻頗得寵愛，而漂亮的反備受冷落。陽朱覺得很奇怪，問主人到底是什麼緣故。主人的回答很有意思：「那個漂亮的自以為漂亮，而表現得很驕傲，因此我不但看不到她的美麗，反而感到很嫌厭。而長得較醜的這一位，自認為不美，表現得格外溫柔順從，我因為喜歡她的溫柔順從，也就不覺得她有什麼醜陋的了。」

陽朱在魏國京城遇到老聃，特地趨前請教。老聃嘆了一口氣說：「我本來以為你是可以受教的，現在才知道你根本不堪造就。」陽朱不能服氣，請問其故。老聃說：「你驕矜自滿，目空一切，而且自命清高，不能包容，像這樣誰敢跟你相處？你要知道，一個真正清高的人，絕不會處處表現出很清高的樣子；而一個品德修養得很完美的人，反而顯得樸實謙下，讓人看起來好像有些缺陷。」陽朱聽了，立刻誠惶誠恐謝罪道：「承蒙賜教，我知道我的過錯了。」原先陽朱住進客棧時，客棧主人畢恭畢敬親自為他安排席位，女主人畢恭畢敬親自為他送上盥洗用具，住店的客人卻一個個地走避，連正在火爐旁取暖的人，也馬上把地方讓出來。等到領教老聃一席話之後，人際關係有了改變，大家漸漸跟他親熱了起來，最後甚至也敢跟他搶席位了。

這兩個有趣的故事，讓我們想起了老子的「大巧若拙，大辯若訥。」也想起了孔子的「其智可及，其愚不可及也。」更想起了鄭板橋的「難得糊塗」！尤其力行「同事攝」的發心菩薩們，更應有所省思。

多數的人，都想做人上人，都想聰明絕頂，都想出類拔萃。可是上智與下愚不多，偏偏大家都自以為是上智。不承認自己是中人而自作聰明，處處為天下先，結果是，才高招忌，紅顏天妒，不免成了悲劇人物。豈不聞東坡的悲嘆：「人皆養子望聰明，我被聰明誤一生！」

須知，土地如果太潔淨了，就長不出植物來，因為缺少肥分。溪水如果太清澈了，也活不了魚蝦，因為缺少滋養。同樣的，一個人如果太精明了，必然不能包容，因為缺少襟度。不能包容的結果，必也不能被包容，往往落得天地之大，竟無處容身。

祖師告誡我們：勢不可使盡。但是聰明的人，乘勢奮起，爭一時為人中龍鳳。殊不知，勢一用罄，正如飛鳥盡良弓必藏，狡兔死走狗必烹，禍災到來，已悔之晚矣。

祖師告誡我們：福不可受盡。但是聰明的人，行樂及時，有福不享人笑癡。殊不知，福若享盡，即使天人，亦將五衰相現。薄地凡夫，業深福薄，人身難再得。所縱情的財色名食睡，恐怕要變成地獄五條根了。

祖師告誡我們：規矩不可行盡。但是聰明的人，發號施令，自詡威儀具足，唯我獨尊。殊不知，好的翁姑，不能「不癡不聾」；調和鼎鼐的宰相，不能不「肚大撐船」。明察秋毫，戒律森嚴，往往刻薄寡恩。陽奉陰違，眾叛親離，已是可以預見的下場了。

高者必墮，物極必反。飄風發發，卻是不能終朝；細水涓涓，才能綿綿長流。豈不見，剛強的最易摧折，柔弱的反而成了「生之徒」。真正的聰明人，能和其光同其塵，抱其樸守其真；能藏巧於拙，以屈為伸。像張良為老人三納其屨，像韓信於市井忍胯下辱，不計較，吃點虧，不爭執，受點辱，畢竟無損豪傑之本色。更何況，「滿眼蓬蒿共一丘，賢愚千載知誰是！」孰智孰愚，或譽或毀，與我老實修行，又何干礙！

江海所以能為百谷王者，以其善下之，故老子勉勵吾人，「不敢為天下先」。列子回顧自己的影子，領悟「持後而處先」的道理，因此說：「能夠做到屈居人後（知持後），就可以保全身命了（則可言持身矣）。」

聰明過度，鋒芒畢露，就像宋國荊氏這個地方的樹木，長到適當的粗細，就被砍斫殆盡，因為材質太好了。不恃聰明，韜光養晦，就像楚國商丘這個地方的大樹，樹蔭可以遮蔽千輛馬車，因為它的枝條彎曲，樹幹盤結無紋，反而得以避過斧斤。

「聰明難，糊塗難，由聰明而轉入糊塗更難。放一著退一步，當下心安，非求後來福報也。」試問，能說這話的人，是真聰明？是真糊塗？

經云：「愚者自稱愚，當知善黠慧；愚者自稱智，是謂愚中愚。」老子云：「大成若缺，其用不敝；大盈若沖，其用不窮。」

正是：大智若愚乃大智，大愚若智真大愚；無用之用是大用，難得糊塗不糊塗！

橫眉冷對千夫指

詩曰：人情忌殊異，世路多權詐，蹉跎顏遂低，摧折氣益下。

處此冷酷現實的社會，黑白混淆，是非不分，權謀抬頭，公道沉淪。於是小人道長，君子道消，有錢有勢居要津，無門無路任宰割。

君不見：「翻手為雲覆手雨，紛紛輕薄何須數。」君須信：「魍魅搏人應見慣，總輸他，覆雨翻雲手。」舉世皆濁，多的是淈其泥而揚其波；眾人皆醉，多的是餔其糟而歠其釃。堪嘆的是，性拙難趨世，心孤鮮有儔，平生守直道，遂為眾所嫉！

偉哉屈子！不以身之察察，而受物之汶汶；大哉屈子！不以皓皓之白，而蒙世俗之塵埃。畢竟，人生芳穢有千載，世上榮枯無百年，石火光中寄此身，蝸牛角上爭何事？

人可窮而志不可喪，身可辱而心不可屈，唯有活得有骨氣有尊嚴，始能臨死無憾也。「富貴不淫貧賤樂，男兒到此是豪雄。」千夫訕指，橫眉冷對，何其壯哉！「自反而縮（縮，直也，正也），雖千萬人，吾往矣！」義之所在，無畏無懼。畢竟，世路如今已慣，此心到處悠然。「粉骨碎身渾不怕，要留清白在人間！」

小人當道，橫眉冷對，不是心如槁灰，冷酷無情，而是正氣凜然，熱血沸騰。一遇道合志同之士，一遇推誠相待之友，「好漢剖腹來相見」，掏肝掏膽無所吝，蹈火赴湯不辭死。俯首甘之為牛作馬，直餘事耳！

同明相照，同氣相求，同病相憐，同憂相救，同情相契，同愛相留。此生有幸如斯，了無遺憾矣！「君不見，管鮑貧時交，此道今人棄如土。」人生難得唯知己，千金不易是真情！富貴空華，功名塵土，山河何足重，珍貴唯此一片心！白頭如新，傾蓋如故者，必知此中消息也。

贊曰：一雙冷眼看世人，滿腔熱血酬知音！黃金銷鑠素絲變，貴賤交情見淺深。世味年來薄似紗，恩疏媒勞志多乖。浮生大笑能幾回，斗酒相逢須罄杯！

相逢一笑泯恩仇

詩曰：百歲開懷能幾日，一生知己不多人，已到窮途猶結客，風塵相贈值千金。

生年未滿百，豈厭相逢遇？山河不足重，重在遇知己。君不見：「意氣百年內，平生一寸心；欲交天下士，未面已虛襟。」君不見：「遊人五陵去，寶劍值千金，分手脫相贈，平生一片心。」寶劍非為貴，千金何足惜！記取「一寸心」，珍惜「一片心」，滿腔熱血可酬謝，豈止寶劍脫相贈！

平生一片心，可遇不可求。「欲取鳴琴彈，恨無知音賞。」世人不免怨嘆：「一生肝膽向人盡，相識不如不相識！」問題是，誰人又能因此而「轉覺人間無氣味，常因身外省因緣」呢？

緣生則會聚，緣盡必離散，緣善則愛親，緣惡則怨憎。愛憎會離之際，不必羨妒，無須怨尤。因地果還生，一切原來自作自受。今生為知己為兄弟，必有善願之發；今生為怨偶為仇家，必有惡緣之結。

往者已矣，來者可期。欲結善緣，欲遠惡緣，當戒瞋，當行慈。如何行慈？宜行四事。經云：「一者、見惡眾生，心生憐愍，以修慈因緣故。二者、見苦眾生，目不暫捨，起悲因緣故。三者、見師長父母，有德之人，心情歡悅，起喜因緣故。四者、怨家眾生，心不瞋恚，修捨因緣故。」能行慈，乃能戒瞋。經云：「是故智者，捨瞋如火，知瞋過故，能自利益。……能捨瞋恚，眾人所愛，眾人樂見，人所信受。……離身口過，離心熱惱，離惡道畏，離於怨憎，離惡名稱，離於憂惱，離怨家畏，離於惡人惡口詈罵，離於悔畏，離惡聲畏，離無利畏，離於苦畏，離於慢畏。若人能離是之畏，一切功德，皆悉具足。」

善哉善哉！什麼樣的心就種什麼樣的因，什麼樣的心也就結什麼樣的緣。能施能捨，心如大地，無所不容，必然善緣廣結，眾人親近。好爭好鬥，則心如穢土，遍生蒺藜，必然眾人遠離，怨懟日深矣。

善哉善哉！欲求善報先修己，各有前緣莫羨他！萬般到頭帶不去，惟有業緣長流轉！

男兒重意氣，何用錢刀為！平生四方志，相知一寸心。請看：鮑叔事齊公子小白，管仲事公子糾。及小白立為桓公，公子糾死，管仲被囚，桓公欲殺之。鮑叔力進管仲，曰：「君將治齊，則高傒與叔牙足矣。君且欲霸王，非管夷吾不可。」桓公從而釋之，尊管仲為「仲父」。管仲既用，任政於齊，齊桓公因之九合諸侯而一匡天下。管仲感而嘆曰：「生我者父母，知我者鮑子也。」鮑叔既進管仲，以身下之，子孫世祿於齊，有封邑者十餘世。

兄弟爭寵辱，人算奈天算，仇隙既積聚，自貽伊戚爾！請看：王右軍素恃才而輕藍田，藍田晚節論譽轉重，右軍曰：「吾不減懷祖，而位遇懸邈！」為之忿恨不平。藍田丁艱期間，右軍藉弔喪故意凌辱之，於是彼此嫌隙益深。後右軍僅為會稽內史，藍田益顯貴，派人檢校會稽郡，百般挑其缺失。右軍羞愧，遂稱疾辭官，以憤慨抱憾而終。

少壯同游元有數，尊榮再會便無因。寵辱恩怨身外事，成敗是非無定論。人間只道黃金貴，誰向天公買情真？數莖白髮生浮世，一片心須不愧人！

因此，貴賤窮通莫欣厭，且讓我們隨遇任運自在行吧！「日日暗來唯老病，年年少去是交親。逍遙且喜從吾事，榮寵從來非吾心！」何況「否泰交加無定主，懶學風雲戢翎羽。」且讓我們從而憬悟：「莫把虛名攖懷抱，九原丘陵盡王侯。送君同上酒家樓，酩酊翻成一笑休。」

世事春夢，人情秋雲，「人生芳穢有千載，世上榮枯無百年。」幸遇三杯酒美，一朵花新，吾人何不「莫思身外無窮事，且盡生前有限杯」呢！

緣結三生石，一見便如故。士為知己死，世味濃似酒。不須惆悵「才微易向風塵老，身賤難酬知己恩」，且效東坡，流露肺腑：「與君世世為兄弟，更結人間未了因。」人生至此，復有何憾！

畢竟，是非成敗，轉頭成空，青山依舊，幾度霞紅！富貴榮華，霎時化作塵土；恩仇愛恨，瞬間過眼雲煙。吾人焉能活在爭執計較之中，作繭以自縛？

讀魯迅「相逢一笑泯恩仇」詩句，為之感動良久，遂衍成此篇，略抒其懷。猶未能已，更賦詩一首，曰：

紛爭蝸角自成囚，千載賢愚歸亂丘。

有價黃金猶可市，無緣熱血為誰酬。
報投青睞掏肝膽，鄙視榮華等泡漚。
兄弟何須論寵辱，相逢一笑泯恩仇！

千古艱難惟一死

詩曰：屯蹇我生身不堪，無常乍到豈心甘？千古艱難惟一死，諸君且莫等閒看！

人生自有命，但恨生日希。命在呼吸間，卻懷不老想，地上神仙未可期，煉丹爐火何曾滅。最後通通不免「生死悠悠爾，一氣聚散之，偶來紛喜怒，奄忽已復辭！」善哉我佛早已開示：「常者皆歸盡，高者亦必墮，合會終離散，有生必有死。」死去死去今如此，生兮生兮奈汝何！歲去憂來兮東流水，地久天長兮人共死。我等凡夫，隨業流轉，生死浪裡頭出頭沒，本來就不能自主，生是本然，死是必然。生者已經不能拒絕出生，因此，生是無法推卸的天界的責任；艱難的是如何去面對那不能預知的無可逃避的「萬古到頭歸一死」了。

死是必然，因此對吾人而言，死理當不難。問題是，如何死得其時，如何死得其所，如何死得無憾？

君不見：太史公「遭李陵之禍，幽於縲紲，身毀不用矣！」身毀不用，乃士大夫之奇恥大辱也。所謂「悲莫痛於傷心，行莫醜於辱先，而詬莫大於宮刑。刑餘之人，無所比數，非一世也，所從來遠矣。」無怪乎司馬遷要感嘆：「為鄉黨戮笑，汙辱先人，亦何面目復上父母之丘墓乎？雖累百世，垢彌甚耳。是以腸一日而九回……每念斯恥，汗未嘗不發背霑衣也。」虧形為掃除之隸，忍辱偷生，易以常人，早已自盡了事，司馬遷卻以為「人固有一死，死有重於太山，或輕於鴻毛，用之所趨異也。」死而不得其時不得其所，如匹夫匹婦動輒為小節自投於溝洫，則必死而有憾。如此焉得有「雖萬被戮，豈有悔哉」而發憤著作之「究天人之際，通古今之變，成一家之言」之太史公書之「藏之名山，傳之其人」哉？固知賢者君子之求死，實大不易也。

君不見：文文山抗元兵敗被俘，鄙夷「以事大宋者事大元，大元賢相，非丞相而誰」之說降，曰：「國亡不能救，為人臣者死有餘罪，況敢逃其死以貳其心？」並為詩曰：「正氣掃地山河羞，身為大臣義當死。」又曰：「平生讀書為誰事，臨難何憂復何懼？」蓋生與義皆我所欲也，兩者不可得兼，捨其生取其義，正是死得其時死得其所，因此文文山一心繫念的，是「願賜之一死，足矣！」是「唯有一死，不在多言。」壯哉！我自橫刀向天笑，去留肝膽兩崑崙！人生自古誰無死，留取丹心照汗青！為的是「讀聖賢書，所學何事，而今而後，庶幾無愧。」也因此在受刑之際，能從容謂吏卒曰：「吾事畢矣！」吾事畢矣，這才是真正生死無愧生死無憾也！固知仁人義士之求死，亦大不易也。

惜生懼死，含靈所同，而凡聖之異，則在無所不惜無所不懼與有所不惜有所不懼也。無所不惜無所不懼，人之常情，不能苛責。有所不惜有所不懼，正氣所凝，垂式千秋！

然世有別於常情，又非義合，而畏生輕命，決然赴死者，則所謂「自殺」也。

自殺之風，古已有之，特今為甚。王靜安先生曾有探討曰：「自殺之事……自心理學上觀之，則非力不足以副其志，而入於絕望之域；必其意志之力，不能制其一時之感情，而後出此也。」原來，自殺者表面勇氣十足，實則意志薄弱，感情用事，毫無擔當，完全不能掌控自己的生命。不論是服毒、自縊、投水、跳樓、臥軌、自焚，其共同特質則是，懦弱膽怯至極，已到一時一刻不敢再面對苦痛的現實，而選擇了自己都不一定相信可以「一了百了」的徹底逃避。

常人之死，經典有云：「一者命盡非是福盡，二者福盡非是命盡，三者福命俱盡。」至於「外緣死」之「非分自害死」，即自殺也。佛陀有所呵責，曰：「自殺身，望得生天及以解脫，徒自虛喪，空無所獲。」又曰：「自殺，如火自燒，如怨自害，如住邊城多受厄。」

以佛法觀點言之，自殺之過惡，不可勝數，舉其大者有三。

一曰：殘害慧命。「人身難得，如優曇花。」「受人身者極稀，譬如爪上之土。」蓋無始以來，吾人業緣牽繫，流轉五趣，迷失自性，不免「悉如魚蟲畜生，不復得人身。」

因此，有幸「得此人身，應當保護」。奈何癡男怨女愚夫蠢婦，「不悟此憂患，緣對所縛著，煩惱迷昏濁，而至於自殺。」自殺之後，「身入大阿鼻，千佛出世，莫能救度，一失人身，萬劫不復。」痛哉！人身難得法難聞，猶如盲龜遇浮孔。失去人身，沉淪惡道，有食難進，有苦難言，已是悲慘至極。而長處幽闇，不聞佛法，慧命永斷，了脫無期，思之尤為之毛骨悚然也。

一曰：愧對父母。人自呱呱落地，至於長成，全賴父母含辛茹苦，提攜褓抱，欲報之恩，昊天罔極。「母胎懷子，甚為辛苦。」其降世也，往往「扯母心肝，踏母胯骨，如千刀攪，又彷彿似萬刃攢心。」既生得兒身，「咽苦吐甘，不憚劬勞。」「兒女有病，父母驚憂，憂極生病。」「或在他鄉……永懷憂念，或因啼泣，眼暗目盲；或因悲哀，氣咽成病……牽腸掛肚，刻不能安，宛若倒懸。」「或復聞子，不崇學業，朋逐異端……父母年邁，形貌衰羸，羞恥見人，忍受欺抑。」吾人即使「左肩擔父，右肩擔母，研皮至骨，穿骨至髓，達須彌山，經百千劫，血流沒踝，猶不能報父母深恩。」不知孝順，已然行同禽獸。而況自殘身命，不顧白髮人送白黑髮人之痛徹骨髓，肝腸碎裂，長夜號泣，生趣為絕。此所以自殺之令人髮指，而無法予以同情原宥也。

一曰：業緣轉惡。經云：「業果善不善，所作受決定；自作自纏縛，如蠶等無異。苦澀及甘美，諸苦並煩惱，如影恆隨逐，飲毒自侵害。」有情之生此娑婆，業緣所牽，不是討債即是還債，不是報恩即是報怨。惟有「行義行法行福」，「隨緣消舊業」，始能添福增慧並改造命運。不此之圖，必被三毒所縛，深陷煩惱海中，求出無期。而況妄想以自殺來逃避業果，「死者棄身，其行不亡，人死神去，隨行往生。」譬諸畏罪潛逃，罪加一等；譬諸賴債走人，本上加利。即或惡道報盡，再獲人身，苦報依舊如影隨形，且如火上加油也。再者識神不滅，充滿惱苦、瞋恨、絕望之自殺影像潛藏八識田中，此自殺者所以有反復自殺之衝動之緣由也。

生命有缺陷，世間不完美，「今我雖得於人身，無數眾苦常逼迫。」老病的折騰，死亡的威脅，加上怨憎會，愛別離，求不得，視人生為「眾苦之藪」，亦不為過也。可是生而為人，只能如實觀照生存的意義，不能有悲觀的權利，更沒有自殺的自由。若能了知緣生則會聚，緣盡必離散，惜緣隨緣，好聚好散，則朋友之間，將沒有怨恨傷害，只有感恩與祝福，如此焉有為情為愛而自殺之情事哉？「志士幽人莫怨嗟，古來材大難為用。」若能了知青史上幾番春夢成空，紅塵裡多少奇才埋沒，窮通無定數，富貧休羨怨，「莫言貧賤長可欺，覆簣成山當有時；莫言富貴長可托，木槿朝看暮還落。」重要的是人窮志不可窮，身辱心不可屈，心足身非貧，身苦心不苦，「富貴不淫貧賤樂，男兒到此是豪雄！」如此焉有為運命乖舛而自殺之情事哉？

境由心造，什麼樣的心就造出什麼樣的世界。天有好生之德，天無絕人之路，只要心存善念，必得神佛庇佑；只要心存希望，必將雲開見月；只要隨緣任運，「聊乘化以歸盡，樂乎天命復奚疑！」

人身難得今已得，佛法難聞今已聞，吾人更應珍惜此福緣，同出愛欲河，勤修戒定慧，度此虛幻身。畢竟，只有信受佛法，才能夠「滅苦離諸惡，出欲得自在」；畢竟，只有奉行佛法，才能夠「離於恩愛獄，不動而解脫」！

贊曰：大矣從來論死生，生生死死總無情。
世間纏縛誰先解，請聽如來獅吼聲。

沉火在灰殊未滅

詩曰：世路不妨平處少，才人唯是屈聲多。蕭條兩翅蓬蒿下，縱有鷹鸇奈若何！

匹夫受困，士人不遇，如蟻落熱釜，如龍游淺灘。「有刀不能剪心愁，有錐不能解腸結，有線不能穿淚珠，有火不能銷鬢雪。」千屈百辱，有生不如無生。或逞時勇，拔劍而起，「衣如飛鶉馬如狗，臨岐擊劍生銅吼」，卻不免血濺十步，身首異處；或憑杯對影，咄咄書空，竟日嗟嘆「文王久不出，賢士如土賤」，終不免「羈栖摧剪平生志，抱膝徒為梁甫吟」。唯有懷慚帶愧，忍人難忍，蟄伏潛藏，順勢待時，深信「他日臥龍終得雨，我輩豈是蓬蒿人」，深知「不須浪飲丁都護，世上英雄本無主」，壯心感此孤劍鳴，沈火在灰殊未滅！一旦風雲際會，「但令毛羽在，何處不翻飛」！

不有飆風，何來美麗浪花；不有困阨，何能激發壯志？

請看：蘇秦出遊數歲，「大困而歸，兄弟嫂妹妻妾竊皆笑之」。正是：「錯料一生事，蹉跎今白頭，縱橫皆失計，妻子也堪羞。」蘇秦「聞之而慚，自傷，乃閉室不出，出其書觀之。」發憤苦讀，昏睡之際，則持錐刺股，血流至踵。終於有悟有得，再次遊說諸侯，卒「為從約長，并相六國」。車騎路過故鄉雒陽，「蘇秦之昆弟妻嫂側目不敢仰視，俯伏侍取食」。於是蘇秦喟然嘆曰：「此一人之身，富貴則親戚畏懼之，貧賤則輕易之，況眾人乎！**且使我有雒陽負郭田二頃，吾豈能佩六國相印乎！**」

請看：張儀遊說諸侯，嘗從楚相飲，其間楚相亡失璧，門下懷疑張儀，曰：「儀貧無行，必此盜相君之璧。」共執之，掠笞數百。其妻曰：「嘻！子毋讀書遊說，安得此辱乎？」張儀謂其妻曰：「視吾舌尚在否？」其妻笑曰：「舌在也。」儀曰：「足矣！」時蘇秦已貴顯於趙，乃上謁求見蘇秦，蘇秦使坐之堂下，賜僕妾之食，告之曰：「以子之材能，乃自令困辱至此。吾寧不能言而富貴子，子不足收也！」張儀自以為故人，求益反見辱，大怒。念諸侯莫可事，獨秦能苦趙，乃遂入秦。蘇秦隨即告其舍人曰：「張儀，天下賢士，吾殆弗如也。**吾恐其樂小利而不遂，故召辱之，以激其意。**」終成就張儀佐秦之連橫大業。

壯哉！有田二頃，則不能佩六國相印；欲激其意，乃故召辱之。蘇秦能一躍而為豪傑之雄，良有以也。張儀名遂之日，諒必效管夷吾而嘆曰：「生我者父母，知我者蘇子也！」

請看：范雎欲事魏王，家貧無以自資，乃先寄託魏中大夫須賈門下。須賈為魏昭王所重，使於齊，范雎從。齊襄王聞雎有辯才，私賜牛酒及金十斤，雎不敢受，須賈疑雎洩露魏國機密，不悅。既歸，以告魏相魏齊，結果，「魏齊大怒，使舍人笞擊雎，折脅摺齒。雎佯死，即卷以簀，置廁中，賓客飲者醉，更溺雎，故僇辱……雎從簀中謂守者曰：『公能出我，我必厚謝公。』守者乃請出棄簀中死人。魏齊醉，曰：『可矣。』范雎得出……更名姓曰張祿。」受此奇辱，范雎死，張祿生，矢志「**一飯之德必償，睚眥之怨必報**」，數年後，相秦，封為應侯，而魏不知，以為范雎已死久矣。魏聞秦將東伐韓魏，使須賈入秦議和。范雎聞之，裝扮落魄模樣，往客棧求見須賈。「須賈見之而驚曰：『范叔固無恙乎？』范雎曰：『然。』須賈笑曰：『范叔有說於秦耶？』曰：『否也……雎亡逃至此，安敢說乎。』須賈曰：『今叔何事？』范雎曰：『臣為人傭賃。』須賈意哀之，留與坐飲食……取其一綈袍以賜之。須賈因問曰：『秦相張君，公知之乎？……』范雎曰：『主人翁習知之，唯雎亦得謁，雎請為見君於張君。』

須賈曰：『吾馬病，車軸折，非大車駟馬，吾固不出。』范睢曰：『願為君借大車駟馬於主人翁。』范睢歸取大車駟馬，為須賈御之，入秦相府。府中望見，有識者皆避匿，須賈怪之。至相舍門，謂須賈曰：『待我，我為君先入通於相君。』須賈待門下，持車良久，問門下曰：『范叔不出，何也？』門下曰：『無范叔。』須賈曰：『向者與我載而入者。』門下曰：『乃吾相張君也。』須賈大驚，自知見賣，乃肉袒膝行，因門下人謝罪。……曰：『賈不意君能自致於青雲之上，賈不敢復讀天下之書，不敢復與天下之事……唯君死生之。』……范睢曰：『……公前以睢為有外心於齊而惡睢於魏齊，公之罪一也。當魏齊辱我於廁中，公不止，罪二也。更醉而溺我，公其何忍乎？罪三也。然公之所以得無死者，以綈戀戀，有故人之意。……』……坐須賈於堂下，置莝豆其前，令兩黥徒夾而馬食之。」

由范睢而張祿，由佯死而秦相，此種曲折離奇之戲劇性發展，關鍵全在「沈火在灰殊未滅」，困辱不屈，愈挫愈勇。故太史公喟然嘆道：「**不困阨，惡能激乎！**」

萬法因緣生，萬法因緣滅。緣有四，曰親因緣，曰無間緣，曰所緣緣，曰增上緣。增上之緣，如添花錦上，如送炭雪中；如釜底加薪，如火裡注油；如時雨之滋潤萬物，如東風之又綠江南。「幸忝鵷鸞早相識，及時提攜致青雲」，春風得意，馬蹄的的，增上之緣確是可喜可羨。然處順境，易生驕心，易懈鬥志，誇逞功業，炫耀文章，物欲熾然，往往深陷火坑；富貴沉溺，不免沒入苦海。須知，百煉乃成真金，火焰能化紅蓮，困辱所加，坎壈之境，所謂「一生傲岸苦不諧，恩疏媒勞志多乖。」既無可逃避，正可視為難得之「逆增上緣」。逆增上緣之可貴，在「能激乎」！沒有逆增上緣，即無蘇秦之刺股發憤，即無六國相印之佩；沒有逆增上緣，即無張儀之受辱入秦，即無連橫大業之完成；沒有逆增上緣，即無范雎之「一飯必償，睚眥必報」，即無應侯之相秦；同樣，沒有逆增上緣，即無韓信之「胯下之辱」，即無「淮陰侯」之封。無怪司馬遷遭李陵之禍，幽於縲紲，發憤著述，不免有感而發：「昔西伯拘羑里，演周易；孔子厄陳蔡，作春秋；屈原放逐，曾離騷；左丘失明，厥有國語；孫子臏腳，而論兵法；不韋遷蜀，世傳呂覽……皆意有所鬱結，不得通其道也。」

悲乎！「**不困厄，惡能激乎！**」固太史公之夫子自道乎！

贊曰：莫嘆前路多迍邅，困辱之來增上緣。吞恨待時且伏蟄，一朝放鶴更沖天！

不因訕謗起冤親

詩曰：一念瞋心起，百萬障門開，欲除此惡業，忍辱來作媒。

人有二十難，最是被辱不瞋難。不能忍辱，不能戒瞋，小則名裂身敗，大則家毀國亡。是故我佛諄諄教誨：「若起瞋恚，自燒其身；其心噤毒，顏色變異；他人所棄，皆悉驚避；眾人不愛，輕毀鄙賤；身壞命終，墮於地獄；以瞋恚故，無惡不作。」又說：「是故瞋恚，猶如毒蛇，如刀如火，以忍滅之，能令皆盡。能忍瞋恚，是名為忍。」

請看：晉朝孫秀既懷恨石崇不許讓與綠珠，又怨憾潘岳往昔未曾以禮相待，多次蹴蹋。後孫秀為中書令，潘岳謁見，曰：「孫令憶疇昔周旋否？」秀曰：「中心藏之，何日忘之？」岳於是始知必不免。不久，孫秀果收石崇，又收潘岳，同日棄之東市。

而內外諸軍皆欲劫殺秀，孫秀終遭左衛將軍越泉斬殺。

正是：數數習瞋恚，惡名流諸方，造作癡罪逆，而自夭其命。

瞋緣於貪，貪緣於癡，癡緣於無明。蓋一念無明，顛倒妄想，認假作真，我執因之熾盛。我執熾盛，貪欲遂起，財色名食睡，或有不能滿足臭皮囊所驅策的我與我所，瞋心即生，瞋心一生，煩惱之賊肆虐，吾人於是「為諸煩惱之所隱覆，隨生死流，沈沒六道，長夜流轉」矣！

忍是清淨水，能滅地獄火；忍是智慧日，能破諸愚闇。吾輩發心行者，當知天地之間，一由罪福，人作善惡，如影隨形。業果善不善，所作受決定，自作自纏縛，如蠶等無異。謗譭之來，橫逆之至，應當「深觀往業因緣，當修慈悲憐愍一切。如是小事，不能忍者，我當云何能調眾生？忍辱，即是菩提正因，阿耨多羅三藐三菩提，聞是忍果。我若不種如是種子，云何獲得如是正果。」若能如是，忍辱化作慈悲，必能銷融瞋惡，等觀冤親也。是故，「人欲來殺己，己亦不瞋；欲來壞己，己亦不瞋；欲來謗己，己亦不瞋；欲來笑己，己亦不瞋；欲來壞己，使不事佛法，己亦不瞋。但當慈心正意，罪滅福生，邪不入正，萬惡銷爛！」昔者我佛在因地為歌利王割截身體時，不生瞋恨，即是現身說法也。

「從他謗，任他非，把火燒天徒自疲。我聞恰似飲甘露，銷融頓入不思議。觀惡言，是功德，此則成吾善知識。不因訕謗起冤親，何表無生慈忍力！」善哉！善哉！不過，以耐怨害忍、安受忍、觀察忍，無生慈忍，歡喜忍受惡罵之毒，如飲甘露之水，不由彼辱，寧顯我忍，猶如豬揩金山，金則愈光，石磨劍形，劍則愈利，此等已是菩薩境界。吾輩凡夫，習氣深重，往往對境起心，觸緣生恚，慈悲心不能發出，無明火不能息滅。當思暫退一步，暫忍片時。「世間辱我、罵我、欺我、謗我、笑我、輕我、賤我、騙我、惡我者，應如何處治乎？曰：只是忍他、由他、耐他、讓他、敬他、不理他，再過若干時，你且看他！」不能如此，亦當反躬自省，有則改之，無則勉之。蓋自反而縮，則彼之毀辱，「猶仰天而唾，唾不汙天，還汙己身；逆風陰人，塵不汙彼，還陰於身。」果自反而不縮，則懷愧慚，善自承擔。豈不聞大禹聞善言則拜，豈不聞子路聞揭過則喜，故當發露懺悔，更不敢作，「猶如濁水，置之明珠，以珠威力，水即為清；如煙雲除，月則清明。作惡能悔，亦復如是。」

如是因如是果，如是果如是因，毀辱讒譏，必有前緣。隨緣消業障，此則承受「第一箭」也。不然，不甘不忍，瞋火熾燃，「有瞋恚，習瞋恚，瞋恚覆，心不捨瞋恚，雖臥以御床，敷以氍氀，覆以錦綺，兩頭安枕，然故憂苦眠」，此則自招之「第二箭」矣。應知：智者只受第一箭，不受第二箭！

正是：愚濁生瞋怒，皆因理不通。休添心上火，只當耳邊風。長短家家有，炎涼處處同。是非無實相，轉眼究成空！

若是努力之後，瞋恨還是於其心中生起，即應當思維佛陀在《降伏瞋恨經》中的開示而反復訓誡自己：

如今，在他的範圍裡，
敵人傷害了你，
為何在不屬於他的範圍之處，
你又傷了自己的心？

你流著眼淚離開了親愛及幫助你的家人，
那麼，為何不也捨棄你的敵人，

那為你帶來傷害的瞋恨？
你所懷抱的瞋恨，
正在咬壞你守護的一切美德之根，
有誰是像你如此愚蠢的人？

別人造惡業，
你為此而生氣，
這是什麼道理？
他所造的那種業，
你是否也想學習？

如果他人想要激怒你，
而以可憎之行刺激你，

為何要苦惱地令瞋恨生起，
而做正如他想要對你做之事？

如果你發怒，
你或許能或許不能令他痛苦，
但瞋恨所帶來的傷害，
卻肯定當下已令你遭受痛楚。

如果被瞋恨蒙蔽的敵人，
正走在趣向惡道之路，
你是否想要通過發怒，
隨後跟著他們的腳步？

如果因為你的生氣，
敵人得以傷害你，
你即應當放下瞋怒，
何必毫無理由地受苦？

既然諸法只能維持一剎那的時間，
那些造了可憎之行的諸蘊早已滅盡，
而如今你又是向什麼生氣？

如果另一者並不存在，
想傷人之人又傷得了誰？
你的存在是傷害之因，
如是，你為何還生他的氣？

（譯文引自帕奧禪師講尋法比丘譯《去塵除垢》）

喜捨具足現慈悲

詩曰：慈悲喜捨種良田，寬裕清通施金玉，三施三空除三毒，願與人天作眼目。

眾生癡愚，性復慳貪。即以修行言之，不僅要求快速，亦要求神通。修證成佛得經歷三大阿僧祇劫，已是老掉牙的奇譚，因應而起的是保證「當生證果」、「即身成佛」、「即刻開悟」。於是大師、大法師已不稀奇，取而代之的是滿街的「活佛」、「無上師」、「佛王之王」。可憐的眾生，一下「灌頂」，一下「印心」，一下「點竅」，貪嗔癡絲毫不減，卻洋洋得意以為獲得無上道。

這些附佛外道，或著袈裟，或服白衣，一樣的是販賣如來，斷人慧命，一樣的是聚眾結黨，以求名聞利養。誰也不承認一盲引眾盲，相率入火坑。這種種末法時期的怪現象，早在我佛預言之中，暫且不去談它了。

可悲的是，在正統佛門之中，「古調雖自愛，今人多不彈。」老實念佛也好，老實持戒也好，老實讀經也好，老實打坐也好，好像談起來就跟不上時代了，就落得境界低淺了。是故一些法師居士，講經說法著書，總愛標榜獨門的秘笈與暗器，來突顯自己修證有成，以贏得信眾的喝采與追隨。於是高調也就一個接一個出籠了。談淨就一定要二六時中一心不亂，剋期取證；談禪就一定要心行處滅言語道斷，明見心性；談密就一定要三密相應融入本尊，神通現前。還好言什麼離四句、絕百非，什麼煩惱即菩提，生死即涅槃……言者詹詹，聽者邈邈。殊不知我佛已經開示，一切法皆是佛法。金屑雖貴，入眼成翳；小草固賤，對症除疾。治病要求的是辨症與藥，說法講究的是應機接引。因此佛陀說法四十九年，不能不隨順眾生不同的因修、習氣、業緣與根器，而苦口婆心，開示了八萬四千法門。否則一味的大唱高調，販售祖傳秘方，只是造就了超人的世智辯聰，修行又如何在生活中落實？

正是：一朵白雲橫谷口，幾多歸鳥夜迷巢。

即以布施一項言之，吾人慣常聽到的是：「六度波羅密，布施為第一。可是布施一定要無相布施，也就是要三輪體空。也就是沒有布施之主體，沒有布施之事，更沒有布施的對象，否則一著了相，便全無功德了。」不過我們看到的又是，當鼓勵信眾供僧時，卻是特別強調供僧功德如何如何，鼓勵信眾印經時，又特別強調印經功德如何如何，鼓勵信眾施濟時，又特別強調施濟功德如何如何；鼓勵信眾建寺時，則特別強調建寺功德如何如何。至於各種法會，何止功德殊勝，還有不同的頭銜，譬如捐個一百萬，可以當上總水陸主總功德主呢！這真是非常有趣的弔詭，也是對高調的一大諷刺。

布施是殊勝的菩薩行，無相布施更是殊勝的菩薩境界。可是初發心的菩薩，只是發心學做菩薩，並不等於菩薩，要大家不著相來布施，等於要小嬰兒來跑步一樣，必然徒勞無功，而且危險。而倡言有相布施全無功德，更是對我佛教示的一大扭曲！

凡夫就是凡夫，沒有凡夫，如何超凡入聖？沒有凡夫，何來菩薩？有我並非罪過，有我才有法，也因有我才能去我執法執。如果沒有了我，世出世間法都不存在，佛菩薩也失去存在意義。畢竟借假才可以修真啊！同樣的，先肯定了有相，才有可能慢慢臻於無相。否定了有相的功德，等於否定了無相之可期，試問，沒有了功德，又如何由十地五十二位而等覺圓滿？要圓滿等覺，就要福慧雙修，沒有功德，福從何來？

實際上，有相的布施，不希冀功德，自然功德殊勝，功德無量。因為如是因，必定如是果。經云：「何等為正見，謂說有施有說有齋，有善行有惡行有善惡果報。」又云：「佛告婆羅門：汝如是施，實得大福。所以者何？以於家中常行布施，一人來乞，即施一人；二人三人乃至百千，悉皆施與故，即得大福。……世尊說偈答言：施者設大會，隨彼愛樂，歡喜淨信心，攀緣善功德，以其所建立，求離諸過惡，遠離於貪欲，其心善解脫，修習於慈心，其功德無量。況復加至誠，廣施設大會，若於其中間，所得諸善心，正向善解脫，或餘純善趣，如是勝因緣，得生於梵世，如是之惠施，其心平等故，得生於梵世，其壽命延長。」又云「如是布施功德因緣，於現在世，常得安樂，常有利益。」又云：「持是布施功德，得大福報。」又云：「福火所不燒，福風不能吹，水災壞大地，福水不流散，惡王及盜賊強奪人財寶，若男子女人福不被劫奪，樂報之寶藏終竟不亡失。」又云：「樂施之人，獲得五事。一者終不遠離一切聖人，二者一切眾生樂見樂聞，三者入大眾時不生怖畏，四者得好名稱，五者莊嚴菩提。」又云：「施慧二俱修，所生具財智。二俱不修者，長夜處貧闇。」即使「有能一念喜捨財」，佛陀讚歎其功德，甚至還用了「無量無邊，亦不可思議」的字眼呢！

當然，懷有不純正動機之布施，如「有為求財故施，或愧人故施，或為嫌責故施，或畏懼故施，或欲求他意故施，或畏死故施，或誑人令喜故施，或自以富貴故應施，或諍勝故施，或妒瞋故施，或憍慢故施自高，或為名譽故施，或為咒願故施，或解除衰求吉故施，或為聚眾故施，或輕賤不敬施」，這些都不是佛陀所讚嘆的。因此，關鍵就在有無真正的喜捨心了。

福田下種，功德易見。而布施之無形功德，更是圓滿般若波羅密的根基。經云：「聖弟子自念施法，心自欣慶：我今離慳貪垢，雖在居家，解脫心施、常施、捨施、樂施、具足施、平等施。」又云：「善男子！若欲樂施，當破五事：一者瞋心，二者慳心，三者妒心，四者惜身命，五者不信因果。破是五事，常樂布施。」可惜這些教誨卻往往被忽略了。

人人會談四無量心，人人都想學習菩薩的大慈大悲，可是慈悲並不是用嘴巴講的，是必須落實在現實生活之中的。如何落實呢？以個人粗淺的體驗，由於吾人貪欲深重，加上「因貪犯者，為過微細，難可捨離。」非築基於喜捨不可，所謂「利生之喜捨心增，應化之慈悲量大」也。而喜捨無量，具足不難，勤行布施亦一捷徑也。勤而行之，日久功深，始有可能有相臻於無相。

吾人之不能證得如來智慧德相，在於妄想執著。執著我我所的結果，貪嗔嫉妒日熾，四無量心如何生起？而真正樂於布施的之人，不管是財施法施無畏施，「行布施時，於諸眾生，慈心平等，猶如子想。又行施時，於諸眾生，起悲愍心，譬如父母，瞻視病子。行施之時，其心歡喜，猶如父母，見子病癒。既施之後，其心放捨，猶如父母，見子長大，能自在活。」久而久之，貪吝妒忌滅除，捨無量心增上。因能捨，然後處處隨喜，處處歡喜，喜無量心亦因此增上。能捨又能喜，然後始能與一切眾生樂，拔一切眾生苦，而真正的慈悲自然具足矣。不能如此，高唱「無緣大慈，同體大悲」，亦不過流為表面文章與口號而已。

經云：「若不布施，則不具足檀波羅密；若不具足檀波羅密，則不能成阿耨多羅三藐三菩提。」因布施而成就四無量心，因喜捨慈悲，乃能持戒，乃能忍辱，乃能精進，乃能禪那，乃能圓滿般若波羅密。是故，有相布施，功德第一！無相布施，入諸佛位。

物有本末，事有先後。次第漸進，水到渠成。只一布施，一切具足。是故，老實念佛，往生有分；老實讀經，智慧開啟；老實打坐，其心調伏；老實持戒，福應自然。是故，老實修行，功不唐捐，高調云云，可以休矣！

清風明月誰家無

詩曰：塵中自性元清淨，懷裡誰家無寶珠，偶向心窗詳探看，清風明月滿庭除。

倓虛大師被詢及修行幾十年有何境界，他謙虛地回道，境界倒是沒有，勉強要說有什麼心得，那只有一句話，就是：看破放下自在。

這句話看似尋常，其實修行的境界全在此，修行的次第也在此。

吾人學佛，莫不追求究竟解脫，究竟自在。用功日久，境界似乎現前。「本來無一物，何處惹塵埃！」「青山況是吾之物，不用尋家別問津。」時時脫口而出；「色不異空，空不異色。」「應無所住而生其心」，「隨其心淨，則佛土淨。」……信手拈來，更是如數家珍。畢竟高調人人會唱，真實功夫卻不能憑空而至。多數只是拾人牙慧，自在風光猶隔萬重山。原因何在？尚未放下也。

梵志持花供養釋迦，佛說：放下！梵志放下右手的花。佛說：放下！梵志放下左手的花。佛又說：放下！梵志回答：已經沒有什麼可以放下的了。佛說：沒有什麼可以放下，那就提起吧！

這是一個蠻有趣的機會教育，吾人都是梵志，都認為沒有什麼可以放下的，當然只好扛起來了。該放下卻被奮力扛起來的是什麼呢？無他，妄想執著所生起的貪嗔癡慢疑，以及隨之而來的無邊的煩惱憂悲是也。

三毒的滋長，加劇了我法二執。「我」固然放不下，「我所」一樣放不下。碌碌一生，如鐘表之擺，實往復於苦痛與厭倦之間，了無止期。正如王靜安氏所云：「生活之本質何？欲而已矣。欲之為性無厭，而其原生於不足，不足之狀態，苦痛是也。既償一欲，則此欲以終，然欲之被償者一，而不償者仟佰，一欲既終，他欲隨之，故究竟之慰藉終不可得也。即使吾人之欲皆償，而更無所欲之對象，厭倦之情即起而乘之，於是吾人之生活若負之而不勝其重……夫厭倦固可視為苦痛之一種，有能除去此二者，吾人謂之曰快樂。然當其求快樂也，吾人於固有之苦痛外，又不得不加以努力，而努力亦苦痛之一也。且快樂之後，其感苦痛也彌深……又此苦痛與世界文化俱增，而不由之而減。何則？文化愈進，其知識彌廣，而其所欲彌多，又其感痛苦亦彌甚故也。」

而不能如實觀察生老病死怨會愛離以及求不得五陰熾盛之真相，在分別計較之中打滾，分別人我是非，計較得失榮辱，換取而來的，竟是無止盡的苦惱困惑不安恐懼。心安不可得，身安亦不可得。苦中作樂，即使有樂，亦「如刀刃有蜜，不足一餐之美，小兒舐之，則有割舌之患。」

吾人也常因不勝負荷，而痛下決心，要放下！要放下！結果不但放不下，反而又扛了更多。為什麼有心要放卻放不下？無心要扛卻扛起來？因為看不破也。

什麼是「看破」？一言以蔽之，看到事物的真相是也。

獨處暗室，總覺得窗口鬼影幢幢，總聽到鬼嗚嚶嚶，不由得毛骨聳然，恐懼萬分。只要拿燈一照，就會看到真相，嚶嚶的是風聲，幢幢的樹影，恐懼自然就放下了。

貪生怕死，因為看不到生死的真相。如果能洞燭「我」（這裡不牽扯到諸法無我的問題，因有我才有陰陰相續，輪迴不已）並不死亡，死亡的只是肉體，如同水的本體從未消失，它只是在不同時空以不同面目（氣、雲、冰、霜、雪、露）出現而已。更何況肉體是方生方死，大死大生。懼怕死亡並不能避免死亡，了解有死亡才有生生不息，才能讓吾人有嶄新的面貌，才能讓不圓滿的今生一切從頭開始。如此對這臭皮囊的貪戀也就容易放下了。

問人間情是何物，直教生死相許？對於情慾的渴愛，如癡如狂，只因不能徹見諸行無常，永恆只是神話；不能徹見緣生則聚，緣盡則散，因緣不可思議，根本無法強求；不能徹見「一切眾生，從無始際，由有種種恩愛貪欲，故有輪迴」；不能徹見「伐樹不盡根，雖伐猶復生，伐愛不盡本，數數復生苦」；不能徹見「汝愛我心，我憐汝色，以此因緣，經百千劫，常在纏縛」。旨哉傅斯年先生之言：「無緣何生斯世，有情能累此生！」果能徹見，一切隨緣，進而化個人之私愛為對眾生的大悲，種種饑渴怨結即可放下了。

人人都道神仙好，功名富貴忘不了。不惜身命，為功名而捐軀，為富貴而喪命。只因不能覺悟王侯將相販夫走卒，到頭來同樣墳土一堆；不能覺悟富貴等空華，功名如塵土，萬般帶不去。唯有業隨身。果能覺悟，利樂眾生，盡其在我，不忮不求，無愧於心。不必刻意敝屣尊榮，輕拋名利，風光自是「山花開似錦，澗水湛如藍」矣。

福禍無門，唯人自召；煩惱自取，非由外來。怨天尤人，憤世嫉俗，只是讓自己再受「第二支箭」罷了。畢竟如是因如是果，一切皆自作自受；畢竟人可以自主，我心如如不動，誰又能夠與榮與辱？誰又能夠為譽為毀？身苦心可以不苦，因為可以消業；身貧心可以不貧，因為可以樂道。路不轉人轉，人不轉心轉，心一轉，何處不海闊天空？何處不花紅柳綠！

有位聲名不錯的法師，常對弟子這樣地開示：「各位都看過大雄寶殿，請問什麼是大雄寶殿？其實，『戰勝自己』就是大雄，『身心清淨』就是寶殿。」說法新穎，不過個人卻有不同的見解。「戰勝自己」太累了，往往頭破血流卻徒勞無功。因為沒有看破之前，自己是永遠戰勝不了的敵人。佛陀教導我們的，只要輕輕地「放下自己」就可以了。輕輕放下自己靠的是什麼？就是「看破」的智慧。我佛苦行六年，不能開悟，夜睹明星，當下就「放下自己」了，當下就放下我及我所之執著了。

經云：「一燈能破千年暗，一智能滅萬年愚。」智慧正是看破的礎石。沒有智慧，絕不可能看破，更無所謂放下了。一切法都是佛法，因此世間智與般若智都能提供不同層次的看破。世間智讓我們不疑不惑，樂天知命；般若智讓我們自在解脫，超越生死。

好喜歡王靜安的「浣溪沙」詞：

山寺微茫背夕曛，鳥飛不到半天昏，上方孤磬定行雲。　試上高峰窺皓月，偶開天眼覷紅塵，可憐身是眼中人。

山寺微茫，象徵常人所追求的快樂的幻境。可是人生既如鐘表之擺，往復於痛苦與厭倦之間，則「背夕曛」已然告訴吾人，所追求者必不可得矣。可嘆者，世人受生活之欲的支配，雖九死其猶未悔，雖迭遭挫折困頓，仍如鳥之奮飛，非達目的永不休止。終其未到半山，前路已是昏昏冥冥，而響遏行雲的美妙磬聲，卻誘使人們盲目以赴。終其一生，如蠶之「蠕蠕食復息，草草閱生死」，永不得覺悟。唯有天才，能見人之所不能見，偶然擺脫塵網，置身高絕清虛之地，一開天眼試窺所處之人間，發現世人紛紛攘攘，憂患勞苦，而卻甘之如飴，了無清醒之日，不禁悲從中來。更不幸的是，發現自身竟也不免與世沉浮，竟也是「眼中人」之一，憐人之餘轉以自哀，其哀痛將是何等逾常！

此詞正展現王靜安所揭櫫的三個境界，從欲望的生起（昨夜西風凋碧樹，獨上高樓，望盡天涯路），而癡迷不悔（衣帶漸寬終不悔，為伊消得人憔悴），終能幡然有悟（驀然回首，那人卻在燈火闌珊處）。「可憐身是眼中人」的覺悟，具見王氏的超人智慧。可惜這樣一位天才，竟以自殺表達他的「五十之年，只欠一死；國事至此，義無再辱」。

王氏曾云：「解脫之道，存於出世，而不存於自殺。」卻自己選擇了自殺而未選擇出世，畢竟沒有真正放下。故知世間智不能究竟徹悟人生，故知唯有勤修佛法圓滿般若波羅密，方能真正生死無礙！畢竟悟後尚要起修，何況無修之悟！

看破，「實際從來不受塵」；放下，「隨順世緣無罣礙」；自在，「不禁風月照人清」！

正是：那須僕僕從他覓，清風明月誰家無！

風雅半生化影塵《纏縛篇》

蠅困

憂患元來在有身，滔滔欲海任浮沉。
刃邊舔蜜渾無狀，夢裡尋歡亦喪真。
空色高談終戲論，我人縛繫轉貪瞋。
悚然念及無常到，蠅困紙窗不出塵。

纏縛

誰知萬劫我非真，流轉慾河自有因。
心色愛憐增繫縛，業緣糾葛成冤親。
歡場一霎等陽焰，風雅半生化影塵。
也向禪門求一悟，癡愚難醒夢中身。

迍邅

莫嘆前路多迍邅，困辱之來增上緣。
孫武既臏精兵陣，屈原被放著騷篇。
刺骨讀書思蘇子，蠶室論史懷馬遷。
吞恨待時且蟄伏，一朝放鶴更沖天！

溺情

滔滔情海浪千重，太上忘之我獨鍾。
花笑春風人面去，詩題紅葉墨香濃。
雨鈴不忍愁中聽，笑靨偏來夢裡從。
緣結三生成繫縛，人間何處不相逢。

愛塵

扶搖奮搏上天池，才染愛塵便折肢。
酒有別腸難買醉，心無羈索任相思。
英雄未老先腸斷，覺岸不登悲路歧。
宿昔風流猶自命，而今痛悔半生癡。

塵勞

僕僕半生面撲塵，塵勞欲釋不知津。
世途乖舛迷詩酒，夢裡癡愚恣笑顰。
華髮暗滋增我執，綺懷盡蝕怯花新。
可憐到此難勘破，猶戀劫餘虛幻身。

浮生

浮生大夢夢迷離，鏡裡風霜上鬢絲。
憂患從來緣妄執，聰明到此轉愚癡。
雞群一鶴遭天忌，蝸角半生只自悲。
學步參禪渾不透，枕中驚覺日遲遲。

死生

大矣從來論死生，生生死死總無情。
世多嬴帝登仙夢，誰會莊生化蝶驚。
且惜塵緣如露電，詎將慧命付刀繩。
世間纏縛誰先解，請聽如來獅吼聲。

雲在青天水在瓶《法喜篇》

大塊

大塊載形勞我生，影塵競逐似蠅營。
二毛漸落歡情少，大夢猶酣貪愛萌。
欲向心田植種智，勤持經卷伴長更。
垂憐幸有法燈在，為息塵勞現化城。

無常

人生真實唯當下，過未執迷總是癡。
春雨樓頭悲落蕊，紅顏鏡裡褪青絲。
二行未斷心常縛，一息不存悔已遲。（二行，見惑與思惑也。）
欲出影塵窺慧日，無常究竟是吾師。

自在

生來根鈍不參禪，幸喜法門有萬千。
坐臥翻經真自在，唱吟念佛亦隨緣。
清心不受塵勞繫，憂惱元由妄執牽。
人我是非齊放下，欣看火焰現紅蓮。

清涼

當年自負任輕狂，蝶夢初驚鬢已霜。
悔恃斗才揮色筆，愧攀風雅論宮商。
幸親經教學安立，始懺癡貪知遯藏。
一句彌陀珠入水，身心無礙化清涼。

去縛

厚祿浮名不到庭，當窗箕坐展金經。
風傳春訊十分綠，螢舞野空一片星。
世愛讒譏宜笑置，心無繫縛豈勞形。
尋常歲月尋常過，雲在青天水在瓶。

相逢一笑泯恩仇

紛爭蝸角自成囚，千載賢愚歸亂丘。
黃金有價猶能市，熱血無緣誰為酬。
報投青睞掏肝膽，鄙視榮華等泡漚。
兄弟何須論寵辱，相逢一笑泯恩仇。

眾皆菩薩我凡夫

讀印光大師「看一切人都是菩薩，獨我一人實是凡夫」句，感動不已，賦詩一首。

含靈蠢動性非殊，惱苦只緣著幻軀。

忍辱去嗔能妙覺，不輕執禮破癡愚。（註：忍辱仙人與常不輕菩薩）
塵中自性元清淨，懷裡誰家無寶珠。
慈眼偶開今始識，眾皆菩薩我凡夫！

評介岳宗教授的〈片葉．流星〉

「梨花落盡成秋色，園林漸覺清陰密。」道出四時的無常；「生前富貴草頭露，身後風流陌上花。」寫出功名的無常；「笑漸不聞聲漸悄，多情卻被無情惱。」表出情愛的無常；「此生此夜不長好，明月明年何處看。」指出諧歡的無常！「一息不存已隔世，紅顏轉瞬化塵埃。」點出死生的無常。人事有代謝，往來成古今，人生在無常的籠罩之下，「真實」不能肯定，「永恆」無法掌握，加上生老病死的纏縛、怨憎會愛別離求不得的折騰，瀰漫於吾人周遭的，不外乎不安、困惑、恐懼、憂愁與惱苦，正如莎士比亞戲劇裡的台詞：

看到時間的迴轉

看到命運的嘲笑
看到虛幻無常化為形形色色的美酒
傾滿一杯杯不同的杯子

即或有歡樂之來，「歡樂極兮」卻是「哀情多」；即或歡樂能夠持續，歡情終將轉為無味。無怪一代哲人王靜安先生要感嘆：「人生者，如鐘錶之擺，實往復於苦痛與厭倦之間者也。」也無怪詩人拜倫要無情地否定生存的價值：

我們的生存是虛偽的
殘酷的宿命，注定萬事不得調和
難以洗脫的罪惡污點
像一棵龐大無比毒樹——使一切枯萎的樹木
地面是它的根，天空是它的枝和葉
把露珠一般的疾病之雨洒落在人們身上

放眼到處是苦惱——疾病、死亡、束縛
更有眼睛所看不到的苦惱
它們經常以新的憂愁填滿那無可解救的心靈

當然亦有樂天不羈，知命豁達者，不過恐怕是苦中作樂的居多。君不見，李太白才高唱「人生達命豈暇愁，且飲美酒登高樓」，隨即又要低吟「呼兒將出換美酒，與爾同銷萬古愁」了。

生存原本是無可逃避的宿命，無常終究是不能擺脫的夢魇。世間確不完美，生命實多缺陷，這不是悲觀，這是如實觀。因此，禪宗的祖師們，給了吾人最可貴的教示，那就是：珍惜緣生，活在當下！畢竟，不敢面對生命無常，吾人容易放縱、沈溺、病態與自賤，因為沒有了當下，必然活在怨悔的過去與虛幻的未來之中。只有活在當下，吾人才能察覺每一個呼吸，察覺生命真實的存在。只有在當下裡，才有專注醒覺，沒有計較分別，也因此，得失榮辱，成敗毀譽，是非功過，都是泡影露電，虛幻不實。只有活在當下，才能盡其在我，只有活在當下，始能無愧於心。

本此觀點，我們來欣賞岳宗教授的〈片葉．流星〉一詩，就更能領會到岳宗教授對於人生的深觀洞察與省悟。這首詩，沒有「飄飄隨暮雨，颯颯落秋山」的蕭瑟，也沒有「似此星辰非昨夜，為誰風露立中宵」的悲情，有的正是活在當下的積極與喜悅。

詩的一二段：

在時間河川裡
我是片枯葉
轉瞬漂失

在穹蒼中
我是流星
剎那銷縱

逝者如斯乎！在無盡的時間長河裡，花開花落，葉榮葉枯，都只是轉瞬間事；在無垠的蒼穹中，流星的生滅，更似電光乍現，驚鴻一瞥。沒有永恆，沒有睥睨，只有渺小與短暫，更有徐志摩詩裡那份變幻無常、孤寂落寞：

我仰望群山的蒼老，他們不說一句話
陽光描出我的渺小，小草在我腳下
＊　＊　＊
我一人停步在路隅，傾聽空谷的松籟
青天裡有白雲盤踞，轉眼間忽又不在

詩的第三段：

我來僅為了隕落
如枯葉嗎
抑或畫過天空
燦然地寫下

一道光影

人生如果像葉片，只是在等待最後的枯黃凋落；人生如果像流星，只是在等待最後的消沉燃燒，那麼活著只是在等待隕滅死亡，這不只是最可悲的宿命論，吾人也只是行屍走肉罷了。「活在當下」的人生觀，必然不是如此。請看詩的四五段：

是片葉
曾受雨露滋潤
浸透於和風

是流星
曾瞻仰日月
伴隨眾星

生命的意義，原來不在結局，而在過程。不管生命的長短，只要真真實實地活在每一個當下，珍惜每一份互動的情緣，我們可以專注地呼吸，專注地吃飯，專注地戀愛，專注地工作，從真實活著的醒覺中，肯定渺小自我的高貴價值，領受短暫生命的自在喜悅。如同片葉搖曳於和風雨露之間，何暇去愁思轉瞬枯落；如同流星周旋日月眾星之際，何暇去悲嘆剎那隕沈呢？即使枯落，也與落紅一樣不是無情物，必將化作春泥更護花。即使隕沈，也已滿足了無數人們的遐想，將長久駐留在人們的綺夢之中。

詩的最後一段：

誠然

渺小又短暫

但曾擁有生命

也曾輝耀長空

如前所言，唯有正視生命與無常，人生才有真實、醒覺、專注與自在，也才能在每一個當下察覺到生命的脈動，感受到確實的活著。只要肯定確實的活過，無論悲歡離合，不管陰晴圓缺，人生還有什麼悔憾呢？岳宗教授有一首〈星與詩人〉，表現的正是同樣的醒覺：

詩人是天上的星
各自佔一方位
在黑暗的天空
發出些微光芒
互相照耀

這也讓我們想到了劉復的〈落葉〉詩：

秋風把樹葉吹落在地上
它只能悉悉索索
發幾陣悲涼的聲響
它不久就要化作泥
但它留得一刻
還要發一刻的聲響

雖然這已是無可奈何的聲響了

雖然這已是它最後的聲響了

「它留得一刻，還要發一刻的聲響。」正給予吾人無窮的啟示啊。

個人一向以為，詩歌是心靈最深處的聲音，必然表現了最真實的人生。沒有對人生的洞察、省思與憬悟，其情景交構的境界必淺，其感發共鳴的力量必弱。岳宗教授憑其深刻的人生體驗，超敻的人生觀點，發而為詩，自然流露令人激賞的智慧光芒。此詩之深得我心，原由在此。至於其駕馭文字之精鍊純熟，直餘事耳！

大乘佛教徒的素食問題探討

飲食是一種習慣，偏愛某一類飲食更是一種習氣。對於一般的人，我們尊重其個別的飲食習慣；對於學佛的大乘菩薩們，我們卻不能不以去除肉食之殘忍習氣相惕勉！

教外人士，固然大多不信奉佛陀經典之言，也不為慈悲的理由，只因相信素食有益健康，就很樂意奉行健康素食。而學佛的一些菩薩們，誦讀佛陀的開示：「夫食肉者，斷大慈種。」「若佛子，一切肉不得食。」「菩薩欲利自他，不應肉食。菩薩慈念一切眾生，猶如己身，云何見之而作食意？是故菩薩不應食肉。」……不但不能信受，不能奉行，只因貪圖口腹之慾，只為縱容肉食習氣，還要編造一些「持之有故言之成理」的似是而非的理由，來寬容自己的過惡，來掩飾自己的不安，卻也因此而混淆了正確的知見。一盲引眾盲，相繼入火坑，不得不令人憂心忡忡。已有甚多前輩提出辨正，唯此洶洶之論，仍到處充斥。晚學不避鄙陋，謹就幾項常聽聞的謬論，略抒淺見，與諸位仁者共切磋。

探討一：學佛與素食無關，因為佛陀也吃肉

包括一些慈悲方便的法師們，最常提到的就是：佛教講究的是心地法門，學佛與素食並無絕對關係；況且原始佛教時期，佛陀與其弟子是葷素不擇，也是吃肉的。

不錯，就有限的歷史資料來考察，佛陀及其弟子應是葷素不擇的。但是，請不要忘了，佛陀與其弟子過的是「托缽乞食」、「次第乞食」、「日中一食」，在視眾生平等之前提下，為眾生作福田而接受供養。其葷素不擇，不是不擇，而是不能揀擇。

如果今天，吾人也是過的托缽次第乞食，日中一食，且堪為眾生作福田，那麼吃素也好，吃肉也好，根本就沒有爭議的餘地。如果吾人住的是舒適的華屋，吃的是豐盛

的三餐，甚至外加零食消夜，我們憑什麼拿自己的貪慾享受來與佛陀聖潔的悲心相比擬？

如果我們今天講的是大乘佛法，行的是菩薩道，憑什麼我們僅僅在吃的一項卻要援引原始佛教因應特殊背景的飲食方式？要講大乘就講澈底的大乘吧！

原始佛教行者，目標在：「我生已盡，梵行已立，所作已作，自知不受後有。」一日中一食，僅為存養行將厭離的肉身。而大乘行者，日日勸發菩提心，為的是上求佛道，下化眾生，自利利他，覺行圓滿。如果還要以眾生的生命來滋補造業的肉身，來助長難填的貪慾，憑什麼可以自稱或被稱大乘菩薩？

南傳佛教國家之僧侶葷素不擇，吾人可以接受；密教的喇嘛因蔬菜匱乏而不得不吃肉，吾人可以接受；倡言「吃肉是要超度牠」，卻是對我佛的一大污蔑！至於在吃素這麼方便又這麼美味的今天，卻仍堅持可以吃肉的人，請在高談大乘高談菩薩道時，切記「依法不依人」的教誡，因為大乘經典，斬釘截鐵：不應食一切肉！

探討二：食三淨肉不礙菩薩行

所謂三淨肉，不聞殺，不見殺，不為己殺之肉品也。幸有三淨肉，讓有些人因之吃得頗為心安理得，甚至還要引用孟子「見其生不忍見其死，聞其聲不忍食其肉，是以君子遠庖廚也。」之言，來大大讚揚其仁者胸懷與菩薩無異。殊不知如此的「君子」，乃是掩耳盜鈴的駝鳥心態。殺生罪名由他人背負，鮮美肉食歸我享用，自私自利，還要玷污菩薩令名，真是可悲可恥！

佛陀早就說得很清楚：「凡殺生者，多為人食；人若不食，亦無殺事，是故食肉與殺同罪。」別人殺生，食者原是間接共犯，造的是共業，我如不食，別人殺生何為？佛陀所以聽許食三淨肉，乃是悲憫眾生習氣難改，欲令漸次斷除。所謂：「是因事漸次而制，當知即是現斷肉義。」食肉之人，當懷慚愧心，懺悔業習深重，漸次禁絕。豈不見經典上的菩薩，往往為救眾生捐捨頭目腦髓手足而在所不惜，豈有為滿足食慾而貪食眾生肉的菩薩呢？

請「隨緣」吃肉慣了而高唱不必「執著」吃素的同修三思啊，畢竟有些習氣不靠執著是不會勇猛精進地去破除的。沒有「看山不是山看水不是水」的我執，何來「依然看山是山看水是水」的境界？寧代眾生下地獄，不將佛法作人情，無情的棒喝，可以醒覺眾生的顛倒，請不要再濫作人情地說：「吃三淨肉無妨」了！

探討三：吃素如可成佛，牛羊早已成佛

說這種話最是荒繆，最是害人。本來就沒有人提倡吃素可以成佛。大家都知道，吃素是為了長養慈悲心，為了不與眾生結怨，而這正是成佛的增上助緣。即使只為了往生西方，「不可以少善根福德因緣，往生彼國。」請問：食肉之人，是不是在毀壞善根？是不是在折損福德？是不是在障礙因緣？素食之人，善根因緣日日增長，不求功德而功德自在。至於牛羊吃草而不害生靈，乃是業報所牽，因無願力支持，固是不能成佛。然其不殺生不再造殺業，自有一份消業之功德，自有翻轉人身之一日。萬物之靈之吾人，殺業日造，何愁不有墮落畜生道之時。「從人食羊，羊死為人，如是乃至十生之類，死死生生，互來相啖，惡業俱生，窮未來際。」除非不信因果，然既不信因果，也就

沒有吃不吃素的問題了。

探討四：慈悲應重人本，不必執著吃素

不錯，佛陀說法，雖認為眾生皆有佛性，眾生一概平等，然此是菩薩境界，我等凡夫，固應以人為重。問題是：提倡人本，與提倡素食並不相妨。如果人與畜生必須犧牲其一，當然優先犧牲畜生；如果人與畜生僅能救援其一，當然優先救援人類。不過，對人慈悲，並不必捨棄對動物之慈悲；提倡人本，也沒有任何理由可以縱容殺生肉食。

常常聽到：「某人雖持齋，心卻很壞，對人很不慈悲，吃素又有何用？反不如某某人，雖不吃素，卻仁慈良善，行同菩薩。」持此論者，犯了以偏概全之病。況所謂他人表現之良惡，原是我欲心之投影；且人與人之恩怨愛憎，緣於因果之牽繫，是相對互動而尚可自主；畜牲由於愚癡，其被宰被食則顯得極為無辜而絕不能自主。

修養好壞是個人功夫，不吃肉卻是本分事！

不食眾生肉，自不造直接間接之殺業。三毒不除，則須背負禍災苦惱之果報。食肉而心地不善者頗多，又何獨苛責食素而不良善者乎？又何獨不表彰食素又良善的呢？

關懷一切生命，尊重一切生命，救護一切生命，始是真正慈悲之展現。如果提倡人本，卻任意犧牲了動物的生存權利，甚至忽視了動物被殺的苦痛來滿足吾人口腹之慾，把滿足食慾的快樂建築在眾生死亡的恐懼哀號掙扎上，又有什麼資格高喊：「但願眾生得離苦，不為自己求安樂。」何況這些不甘而死的眾生，將來必然成為吾人障道之惡因緣。菩薩道講的是「無緣大慈同體大悲」之大慈大悲，殺生食肉卻是最殘忍最血腥最慘無人道，「心好就好，食肉無妨。」唱此調的人，請多摸摸自己的良心吧！

探討五：行菩薩道，六度以布施為首

千真萬確，六度波羅密以布施為首。雖然，我們的社會，往往忽略了法施與無畏施，而過度地強調財施的功德。法師說法，居士講演，都不忘了要呼籲大家有錢出錢，供僧有功德，建寺有功德，救濟有功德……出錢越多，功德越大，君不見功德還可以分好多等級呢！不過不論如何，肯發心布施的人，「慈悲喜捨」具足，已邁上菩薩大道矣，值得吾人頂禮讚嘆！

問題在：當有人一邊鼓勵布施，讚嘆布施，一邊卻倡言素食與修行無關時，我們要特別嚴肅地指出一個被忽略的事實：

吃肉是極度嚴重的反布施之惡行！

祖師有言：「吃肉是你的福報，不吃肉是你的功德。」前已言之，不吃肉原是吾人之本分，吾人不希冀功德而功德自有，吃肉卻足以折損福報。末法時期，愛慾纏縛業障深重的我們，又有多少福報可以耗費？又何德何能，讓那麼多的眾生被迫布施他們所愛惜的生命肉體，來滿足我們的口腹？即使是「汝負我命，我還汝債」，吾等行者，又何忍冤冤相報，而「以是因緣，經百千劫，常在生死。」

力行布施的大乘菩薩們，請正視此一反布施的肉食惡行吧！

探討六：植物亦有生命，素食也是殺生

植物確有生命，亦有源於單純神經作用之感覺，與動物不同的是，植物沒有「情識」，屬於「無情生」。此是「聖言量」之說，教外人士可以不知不信，學佛人士如果也不信便罷了，卻不能對下列事實視而不見或顧而之他：

動物的生命型態與植物完全不同，卻與人類近似。拋開靈性智慧不談，多數我們食用的動物，其外貌幾與我們人類無異，一頭兩眼兩耳兩鼻孔一嘴巴，有四肢，有皮毛，有心肝脾肺胃大小腸。至於其內在，愛慾貪嗔，惜生怕死，臨宰時之哀號掙扎觳觫恐懼，與吾人遇難毫無兩樣。了解此一事實，卻還能泰然扮演「遠庖廚」以大快朵頤之「君子」，不知其仁心何在？慈悲何在？

至於植物，當其成熟之際，似有主動誘人摘食之傾向，而摘食之後，多數並未死亡，甚至孕育更多之新生命。即不如此，吃食植物，並無血腥恐怖之情境，與動物之宰殺根本不可相提並論。

「動物解放」的作者彼德辛格有言：「我們通常買牛肉豬肉或雞肉，都是裝在乾乾淨淨的塑膠袋中，很少還在流血的，因此，我們很少聯想到，這一包東西曾是活的，是會呼吸，會走，會痛苦的動物。」（孟祥森譯〈誰知盤中飧粒粒皆殘酷〉）或許有人甚至故意有此盲點，才會把植物動物的生命型態看做一樣，而吃得欣然無愧。

但是無論如何，吾人都不能不承認：人類總得維持生存，如果可以不生存，談什麼學佛什麼素食都沒有意義了。為了生存，就得選擇一種最不殘忍最具靈性最完美的飲食方式，而這種方式，正是素食！

素食之營養不亞於肉食，素食尤有益於健康，已經由醫學界公認。基督教人士開設之台灣療養院（台安醫院），全院供應素食，療效卓著；而某醫學院多年臨床研究報告，亦證實了孕婦素食並不影響胎兒發育。

標榜菩薩行的我佛弟子，請不要再找任何理由來掩飾自己的貪慾了。為了健康，為了慈悲，為了廣結善緣，請務必戒絕「反布施」之肉食吧！

問：葷素不擇，何以亦能成佛？

答：素食不能成佛，卻是成佛之助緣。佛在世時期，眾生之福德因緣與今日迥異。佛法之可貴，在其應病與藥，對機說法。白牛車固佳，羊鹿車亦不惡，功用大小有別耳。

不同因緣，不同發心，不同根器，當授予不同之最適合修行法門。原始佛教時期，行者強烈趨向灰身泯智，出離世間，故目標僅在「我生已盡，梵行已立，所作已作，自知不受後有。」只求一己之涅槃寂滅，並不刻意標榜「大慈大悲」，與佛陀之發心並不同。其次第乞食、日中一食，雖葷素不擇，卻與一般人之不擇有異。蓋彼等宿世福德具足，堪為眾生作福田；更重要者，「少欲知足」，於食於味「心不染著」。既不染著，或葷或素，均不礙其「梵行已立」，則其能證果（應不等於成佛也）亦無庸置疑矣。（今之持戒精嚴大多過午不食而已，然過午不食又不必然於食於味心不染著也。）

問：提婆達多提倡素食，佛陀為何反對？

答：提婆達多為遂破僧之陰謀，標揭苦行之「五法」，曰：「盡形壽乞食，盡形壽著糞掃衣，盡形壽露坐，盡形壽不食酥鹽，盡形壽不食魚及肉。」乃引起釋尊之評斥。印順導師說：「提婆達多的五法，是絕對的苦行主義，盡形壽奉行而毫無通變。自以為『出家求道，宜應精進。瞿曇沙門亦有此五法，但不盡形壽，我今盡形壽受持此法。』釋尊是中道主義……揭示了不苦不樂之中道行……是有變通性、寬容性、多方適應性的。……而調達卻重於苦行，以為八正道不夠精進，修精苦的五法，才容易得道。這是落入苦行主義，所以是『非法』。」又說：「中道的佛法，不重於事相的物欲的壓制，而重於離煩惱，顯發心清淨性，解脫自在……而提婆達多的五法，卻是重於物欲的壓制，越著重這方面，就越流於苦行。」旨哉斯言！竊以為：「不識本心，學法無益」，欲車行必驅牛而非驅車，此祖師之妙譬也。我佛深知眾生習氣之重，渴愛之深，唯有畀以正確知見，始能不染不著。故說法重點在引導眾生入正知正見，並不刻意論及枝末之飲食問題。蓋知見不正，智慧未開，悲心未啟，欲強行壓抑肉食之渴愛，改變肉食之習氣，實於修行無益而有害也。提婆達多主張不食魚肉，而佛陀不贊成，非不贊成不食魚肉，實反對提婆達多不合中道之絕對的偏激的苦行，亦即反對其不正確的知見也。如同今日吾人反對吃素可以成佛之說，卻不反對素食之本身也。

問：有云：「素食不等於清淨食，不殺生和素食是二件事。」是嗎？

答：持此論者曰：「僧食就是時食，不非時食，日中一食，一坐食，不夜食。……若不違犯僧食，不論素食肉食都是吃齋。」又曰：「受不殺戒不是吃素，而是慈愍於一切眾生，不害眾生命。……若已死之畜生，死魚死肉是可用的物資，吃魚吃肉不叫殺生，只叫吃魚吃肉。」如果吾人少欲知足，不貪美味，如果吾人吃只是吃，心不染著，前已言之，如此並不妨礙「梵行已立」。如果吾人不能少欲知足，心不染著，那麼還是少唱高調吧。某所謂「活佛」大言不慚的說：「我大口喝酒，大塊吃肉，吃酸喝辣一起來，我才是保持（佛制的）傳統。」竟忘了佛陀早就預言：「我滅度後，末法之中，多此鬼神，熾盛世間，自言食肉，得菩提路。」何況，死魚死肉絕非本來就是「可用的物資」，牠們原本是活的，是貪生怕死的，絕大多數是為不特定的葷食者而被殘忍地屠殺的。我不親殺伯仁，伯仁卻是因我而死！愚見以為，聲聞道是屬「理性的」，菩薩道則是屬「感性的」。理性的梵行止於不殺，感性的梵行則由不殺進而護生救生。學習大慈大悲「與眾生樂拔眾生苦」的菩薩行者，請不要再自欺欺人了，暫時改不了肉食習氣，且懷一點慚愧心吧！

阿含雜記

之一：佛出世因緣

雖說「佛世尊皆出人間，非由天而得也。」然百千萬劫難遭遇，「如來出世甚為難遇，時時億劫乃出。」佛既出世，無數方便，種種譬喻，廣演法教，饒益眾生。如此「一人出現於世，多饒益人，安穩眾生，愍世群萌，欲使天人，獲其福佑。」必有其非常之誓願與奇特之因緣也。

往昔讀法華經：「諸佛世尊唯以一大事因緣故出現於世。舍利弗！云何名諸佛世尊唯以一大事因緣故出現於世？諸佛世尊，欲令眾生開佛知見，使得清淨故，出現於世；欲示眾生佛之知見故，出現於世；欲令眾生悟佛知見故，出現於世；欲令眾生入佛知見道故，出現於世。舍利弗！是為諸佛以一大事因緣故出現於世。」於我佛之悲心弘願，讚嘆不已。然讚嘆歸讚嘆，於開示悟入云者，猶有未能開門見山一語中的之感。

後讀雜阿含，閱及「爾時，世尊告諸比丘：『有三法，世間所不愛、不念、不可意。何等為三？謂老、病、死。世間若無此三法不可愛、不可念、不可意者，如來、應、等正覺不出於世間，世間亦不知有如來、應、等正覺知見，說正法、律。以世間有老、病、死三法不可愛、不可念、不可意故，是故如來、應、等正覺出於世間，世間知有如來、應、等正覺所知、所見，說正法、律。』」心頭一震，豁然開朗，更深信「如如來於過去、未來、現在，應時語、實語、義語、利語、法語、律語，無有虛也。」

菩提樹下，我佛順逆觀察十二因緣，證悟吾人所以憂悲惱苦乃至純大苦聚集，實緣於有老有病有死。而老病死緣於生，生緣有，有緣取，取緣愛，愛緣受，受緣觸，觸緣六入，六入緣名色，名色緣識，識緣行，行緣無明。而無明者，「於此五受陰（五蘊）不如實知，不知不見，不無間等，愚闇不明，是名無明。」因為無明，所以執取有我，執取有常，以致「眾生於無始生死，無明所蓋，愛結所繫，長夜輪迴，不知苦之本際，譬如狗之繫柱，彼繫不斷，長夜繞柱，輪迴而轉。」欲了脫輪迴生死憂悲惱苦，必先滅老病死，欲滅老病死，必先滅生，生滅緣於有滅，有滅緣於取滅，取滅緣於愛滅，愛滅緣於受滅，受滅緣於觸滅，觸滅緣於六入滅，六入滅緣於名色滅，名色滅緣於識滅，識滅緣於行滅，行滅緣於無明滅。此即緣起法，「所謂此有故彼有，此生故彼生，謂緣無明有行……乃至生老病死憂悲惱苦集；所謂此無故彼無，此滅故彼滅，謂無明滅則行滅……乃至生老病死憂悲惱苦滅。」

而欲徹底滅苦，在知苦緣於五受陰之執取：「於色愛喜者則於苦愛喜，於苦愛喜者則於苦不得解脫。如是受、想、行、識愛喜者則愛喜苦，愛喜苦者則於苦不得解脫。」從知苦而知苦集而知苦滅而知苦滅道跡，以八正道為滅苦之道。否則，「於此苦聖諦不如實知，此苦集聖諦、苦滅聖諦、苦滅道跡聖諦不如實知，輪迴五趣而速旋轉，或墮地獄，或墮畜生，或墮惡鬼，或人，或天還墮惡道，長夜輪轉。」捨此而「若有人言：『我捨瞿曇所言，另立他說。』彼但有言說，問已不知，增益生疑，以非境界故。」

這一石破天驚開示的不共世間法的解脫之道，「若佛出世，若未出世，此法常住，法住法界。彼如來自所覺知，成等正覺，為人演說，開發顯示。」過去佛如是覺知，現在佛如是覺知，未來佛亦如是覺知。只要吾人遵循我佛諄諄教誨：「自舟自依，法舟法依，不異舟，不異依。」決心學佛之行，步入此一古仙人之道，不必祈求祝禱，不必神通感應，不必咒術儀軌，不必拜懺消災，即可「現法離諸熾然，不待時節，通達涅槃，即身觀察，緣自覺知。」亦即依「法次法向」，對十二因緣揭示的憂悲惱苦生死流轉與五陰無常生起厭離之心（向厭），又能梵行清白，遠離欲惡不善之法（離欲），終能滅除諸苦聚集，正向趣於解脫（滅盡）。更可貴的是，這是不待時節因緣，是可以隨時自知自證的。

透過緣起法，即能了知生命的實相，透過四聖諦，即可正向究竟苦邊。原來我佛所欲開示悟入之知見，不必從高深玄理中臆度，不必靠黠慧辯給而獲知，我佛慈悲，早已直截了當告訴我們：「何等為正見？謂正見有二種：有正見是世俗、有漏、有取、轉向善趣，有正見是聖、出世間、無漏、無取、正盡苦、轉向苦邊。何等為正見有漏、有取，向於善趣？若彼見有施，有說，乃至知世間有阿羅漢，不受後有，是名世間正見，世俗、有漏、有取，向於善趣。何等為正見是聖、出世間、無漏、不取、正盡苦、轉向苦邊？謂聖弟子，苦、苦思惟，集……，滅……，道、道思惟，無漏思惟相應於法，選擇、分別、推求、覺知、黠慧、開覺、觀察，是名正見，是聖、出世間、無漏、不取、正盡苦、轉向苦邊。」

從佛的出世因緣，看到了佛是大慈悲大智慧有血有肉的偉大人間導師。佛自言「我今亦是人數」，佛何人也，予何人也，有為者亦若是。佛可以現法自證解脫，亦是人數中的吾人，高山仰止景行行止，當然亦可現法自證解脫。這又讓吾人行在菩提道上，興起無限的希望與信心矣。

之二：典型在夙昔

菩薩的誓願，好莊嚴好動人：「一切菩薩，復有四願，成熟有情，住持三寶，經大劫海，終不退轉。云何為四？一者誓度一切眾生，二者誓斷一切煩惱，三者誓學一切法門，四者誓證一切佛果。善男子！如是四法，大小菩薩，皆應修學，三世菩薩，所學處故。」為了度盡一切眾生，頭目腦髓、舍宅妻子，無一不可布施，都無貪著。而且有一眾生未度，終不取涅槃。是故刻意「留惑潤生」，生生世世乘願再來。相較之下，灰身泯智，厭離五陰的解脫聖者，就被鄙視為小乘為自了漢，甚至被抨擊「二乘如焦芽敗種，不能發無上道心。」「高原陸地，不生蓮華；焦芽敗種，不成法器。」

在維摩詰經裡，處處揶揄羞辱聲聞阿羅漢，甚至藉大迦葉之口對自我作無情的呵責：「是時大迦葉，聞說菩薩不可思議解脫法門，歎未曾有。謂舍利弗：『譬如有人於盲者前現眾色像非彼所見，一切聲聞聞是不可思議解脫法門，不能解了為若此也。智者聞是，其誰不發阿耨多羅三藐三菩提心？我等何為永絕其根，於此大乘已如敗種！

一切聲聞聞是不可思議解脫法門，皆應號泣聲震三千大千世界。一切菩薩應大欣慶頂受此法，若有菩薩信解不可思議解脫法門者，一切魔眾無如之何。』大迦葉說是語時。三萬二千天子皆發阿耨多羅三藐三菩提心。」

請注意，雜阿含中我佛早已預記：「迦葉！譬如：劫欲壞時，真寶未滅，有諸相似偽寶出於世間，偽寶出已，真寶則沒。如是，迦葉！如來正法欲滅之時，有相似像法生，相似像法出世間已，正法則滅。譬如大海中，船載多珍寶，則頓沈沒。如來正法則不如是，漸漸消滅。如來正法不為地界所壞，不為水火風界所壞。乃至惡眾生出世，樂行諸惡，欲行諸惡，成就諸惡，非法言法，法言非法，非律言律，律言非律。以相似法，句味熾然，如來正法於此則沒。」如今，正是相似佛法時期，邪說邪見邪師邪行充斥，到處是附佛外道的大師、禪師、無上師與活佛。即使正統佛門，亦不免以個人「世間思惟」來傳播相似佛法。以致處處菩薩道場，卻是處處煩惱眾生。

理相上雖說眾生皆有佛性，眾生皆可成佛。問題是，頗多眾生並無意願成佛，頗多眾生成佛的意願亦不是絕對堅定，又有頗多眾生確想成佛卻不得適切的因緣與知見。因此事相上度盡眾生只是一個美麗的願望，事實是絕不可能。即使佛陀，亦「能空一切相成萬法智，而不能即滅定業；能知群有性窮億劫事，而不能化導無緣；能度無量有情，而不能盡眾生界，是謂三不能也。」佛而不能，菩薩當然不能。菩薩之不能，與聲聞之不願，固不必強分高下。畢竟，所謂度眾生云者，旨在度眾生出離生老病死憂悲惱苦，而佛世時期，其解脫證果究竟苦邊者在在多有。每有一眾生證知解脫，諸天歡喜讚嘆，波旬愁憂不樂，菩薩豈有不為之隨喜慶慰者也。而菩薩行者，既發願「未度盡眾生，誓不取涅槃」，自度度人，皆不離「世世常行菩薩道」，依此邏輯，世間將永無一人可以成佛，亦將永無一人可取涅槃。而「留惑潤生」的結果，是登地菩薩，生生世世處於微細煩惱中，至於初發心菩薩，則不免生生世世為煩惱結使所纏縛矣。

再者，菩薩為度怯弱眾生，「我以智慧力，知眾生性欲，方便說諸法，皆令得歡喜。」可惜閻浮提眾生，業習深重，菩薩慈悲隨順眾生，標榜「先以欲勾牽，後令入佛智。」結果是未能契入佛智，卻為欲貪所繫縛。蓋相似佛法，好說祈求祝禱、神通感應、拜懺消災、咒術密法，於四聖諦八正道諸解脫法門輕而視之，於是眾生口說菩薩道，心逐五欲功德，「於色不如實知，色集、色滅、色味、色患、色離不如實知；受……想……行……識，識集、識滅、識味、識患、識離不如實知。」心染著於色，染著於聲香味觸，因之墮入愛欲稠林，浮沈生死苦海，求出而為難矣。大乘經典，莊嚴宏偉，所述多屬菩薩證悟境界，薄地凡夫，慧力羸弱，往往不易得個下手處。等而下之，咒術盛行，已趨向鬼神迷信了。

佛曾說：「我亦是阿羅漢。」因此呵斥阿羅漢為焦芽敗種云云，實是對我佛的根本否定。證阿羅漢果者「貪恚癡永盡，一切煩惱永盡。」「諸漏已盡，所作已作，捨諸重擔，逮得己利，盡諸有結，正智善解脫。」境界不在多數菩薩之下。當然阿羅漢絕不等於佛，因為「如來、應、等正覺者，先未聞法，能自覺知，現法身知，得三菩提，於未來世能說正法，覺諸聲聞，所謂四念處、四正斷、四如意足、五根、五力、七覺分、八聖道分，是名如來、應、等正覺。所未得法能得，未制梵行能制，能善知道、善說道、為眾將導，然後聲聞成就隨法隨道，樂奉大師教誡、教授，善於正法，是名如來應等正覺、阿羅漢慧解脫種種別異。」

阿羅漢自知作證：「我生已盡，梵行已立，所作皆辦，自知不受後有。」人各有志，自了絕非罪惡，更何況聲聞行者亦有菩薩行。我佛應病與藥，當機說法，有不為弟子說菩薩行，有為說少分菩薩行，有為說多分菩薩行者。「阿難！我本為汝說四無量。比丘者，心與慈俱遍滿一方成就遊，如是二、三、四方、四維、上、下普周一切，心與慈俱無結、無怨、無恚、無諍、極廣、甚大、無量善修，遍滿一切世間成就遊。如是悲、喜；心與捨俱……遍滿一切世間成就遊。……若為諸年少比丘說教此四無量者，彼便得安隱，得力，得樂，身心不煩熱，終身梵行。」似此修四無量心正是菩薩行。

「爾時，世尊告諸比丘，……若所有法是眾之所取，一切皆是四攝事：或有一取施者，或一取愛語者，或一取行利者，或一取同利者。過去世時，過去世眾以有所取者，亦是四攝事；未來世眾當有所取者，亦是四攝事：或一取施者，或一取愛語，或一取行利者，或一取同利。爾時，世尊𠡠說偈言：『布施及愛語，或有行利行，同利諸行生，各隨其所應，以此攝世間，猶車因釭運。世無四攝事，母恩子養忘，亦無父等尊，謙下之奉事。以有四攝事，隨順之法故，是故有大士，德被於世間。』佛說此經已，諸比丘聞佛所說，歡喜奉行。」似此修四攝事，更是菩薩行！

我佛福慧具足，自言：「世間求福之人無復過我，如來於六法無有厭足，云何為六？一者施，二者教戒，三者忍，四者法說義說，五者將護眾生，六者求無上正真之道。」又說：「自能調伏，能調伏人；自得止息，能止息人；自度彼岸，能使人度；自得解脫，能解脫人；自得滅度，能滅度人。」再說：「彼如來今亦自歸，不降者降，不度者度，不獲者獲，不脫者脫，不般涅槃者使般涅槃。無救者與作救護，盲者作眼目，病者作大醫王。若天、龍、鬼神、一切人民、魔及魔天，最尊最上，無能及者。可敬可貴，為人作良祐福田，無有出如來上者。」意豈在自誇自讚？當然在勗勉諸弟子學菩薩行學佛行。弟子富樓那說法第一，我佛囑咐：「善哉！富樓那！汝善學忍辱，汝今堪能於輸盧那，人間住止。汝今宜去，度於未度，安於未安，未涅槃者，令得涅槃。」

亦常囑咐目鍵連舍利弗等諸大弟子四方遊行，未脫者令脫，未度者令度，未穌息者令穌息。請問，這些阿羅漢是焦芽敗種嗎？差別在菩薩誓願是盡未來際，大心阿羅漢的菩薩行是盡形壽而已。

較之於相似佛法「惡紫之奪朱也，惡鄭聲之亂雅樂也」，聲聞行者的勇猛精進，勤求解脫，將永為後世奉行正法之典範。而舍利弗尊者，正是其中佼佼者：

「如是我聞，一時佛在王舍城迦蘭陀竹園。爾時尊者舍利弗住摩竭提那羅聚落，疾病涅槃，純陀沙彌瞻視供養，爾時尊者舍利弗因病涅槃。時純陀沙彌供養尊者舍利弗已，取餘舍利，擔持衣鉢，到王舍城。舉衣鉢，洗足已，詣尊者阿難所。禮尊者阿難足已，卻住一面，白尊者阿難：尊者當知，我和上尊者舍利弗已涅槃，我持舍利及衣鉢來。

於是尊者阿難聞純陀沙彌語已，往詣佛所，白佛言：世尊！我今舉體離解，四方易韻，持辯閉塞。純陀沙彌來語我言，和上舍利弗已涅槃，持餘舍利及衣鉢來。佛言：云何？阿難！彼舍利弗持所受戒身涅槃耶？定身、慧身、解脫身、解脫知見身涅槃耶？阿難白佛言：不也，世尊。佛告阿難：若法我自知，成等正覺所說，謂四念處、四正斷、四如意足、五根、五力、七覺支、八道支涅槃耶？阿難白佛：不也，世尊。雖不持所受戒身乃至道品法而涅槃，然尊者舍利弗持戒多聞，少欲知足，常行遠離，精勤方便，攝念安住。一心正受捷疾智慧、深利智慧、超出智慧、分別智慧、大智慧、廣智慧、甚深智慧、無等智慧，智寶成就。能視、能教、能照、能喜善、能讚歎，為眾說法。是故，世尊！我為法故，為受法者故，愁憂苦惱。

佛告阿難：汝莫愁憂苦惱，所以者何？若坐、若起、若作，有為敗壞之法，何得不壞？欲令不壞者，無有是處。我先已說，一切所愛念種種諸物、適意之事，一切皆是乖離之法，不可常保。譬如大樹，根、莖、枝、葉、華、果茂盛，大枝先折；如大寶山，大巖先崩。如是，如來大眾眷屬，其大聲聞先般涅槃。若彼方有舍利弗住者，於彼方我則無事，然其彼方，我則不空，以有舍利弗故，我先已說故。汝今阿難，如我先說，所可愛念種種適意之事。皆是別離之，是故汝今莫大愁毒。阿難！當知如來不久亦當過去，是故，阿難！當作自洲而自依，當作法洲而法依，當作不異洲不異依。阿難白佛：世尊！云何自洲以自依？云何法洲以法依？云何不異洲不異依？佛告阿難：若比丘身身觀念處，精勤方便，正智正念，調伏世間貪憂。如是外身、內外身、受、心、法法觀念處，亦如是說。阿難！是名自洲以自依，法洲以法依，不異洲不異洲依。」

這真是令人動容的故事，「持戒多聞，少欲知足，常行遠離，精勤方便，攝念安住……能視、能教、能照、能喜善、能讚歎，為眾說法。」這不正是菩薩示現嗎？其人雖已涅槃，其人雖不標榜留惑潤生，五分法身卻與正法常住。

典型在宿昔，我心嚮往之！

之三：照見五蘊皆空

菩薩行者，勇猛精進，饒益有情，不僅「我不愛身命，但惜無上道。」頭目腦髓、舍宅妻子，無一不可布施，都無貪著。甚至標榜「自未得度先度人者，菩薩發心；自覺已圓能覺他者，如來應世。我雖未度，願度末劫一切眾生。」自未得度欲先度人，廣大發心令人感動。唯自身未度，諸結未斷，如無正知正見，好作善知識，以煩惱之身心欲度煩惱之眾生，或有「一盲引眾盲，相繼入火坑」之虞也。

佛是大覺者，是大醫王，自知自證，煩惱永盡，究竟苦邊，以是善能了知眾生身心之病苦，善能施與療病止苦之甘露。「世尊告諸比丘：有四法成就，名曰大醫王者，所應王之具、王之分。何等為四？一者善知病，二者善知病源，三者善知病對治，四者善知治病已，當來更不動發。云何名良醫善知病？謂良醫善知如是如是種種病，是名良醫善知病。……如來應等正覺為大醫王，成就四德，療眾生病，亦復如是。云何為四？謂如來知此是苦聖諦如實知、此是苦集聖諦如實知、此是苦滅聖諦如實知、此是苦滅道跡聖諦如實知。諸比丘：彼世間良醫，於生根本對治不如實知，老病死憂悲惱苦根本對治不如實知。如來應等正覺為大醫王，於生根本，知對治，如實知，於老病死憂悲惱苦根本對治如實知，是故如來應等正覺名大醫王。」故知不發心固絕不能度人，但僅憑發心而欲度人，亦是奢談，否則我佛不必菩提樹下正覺始初轉法輪也。

自度滅苦之道，在四聖諦如實知，度人滅苦之道，亦在四聖諦如實知。「於苦聖諦當知當解，於苦集聖諦當知當斷，於苦滅聖諦當知當證，於苦滅道跡聖諦當知當修。」而滅苦當先斷苦，斷苦必先知苦。所謂苦者，三苦（苦苦、壞苦、行苦）八苦（生老病死苦、怨憎會苦、愛別離苦、求不得苦、五陰熾盛苦），一言以蔽之，五受陰無常卻執有常，五受陰無我卻執有我也。五受陰者，色、受、想、行、識也。於此，我佛有如下的開示：

「爾時，世尊告諸比丘：『色非是我，若色是我者，不應於色病、苦生；亦不應於色欲令如是，不令如是。以色無我故，於色有病、有苦生；亦得於色欲令如是，不令如是。受、想、行、識，亦復如是。』

『比丘！於意云何？色為常，為無常耶？』

比丘白佛：『無常，世尊！』

『比丘！若無常者，是苦不？』

比丘白佛：『是苦，世尊！』

『比丘！若無常苦，是變易法，多聞聖弟子，於中寧見是我、異我、相在不？』

比丘白佛：『不也，世尊！』

『受、想、行、識，亦復如是。是故，比丘！諸所有色，若過去、若未來、若現在，若內、若外，若麤、若細，若好、若醜，若遠、若近，彼一切非我、非我所，如實知。受、想、行、識，亦復如是。

比丘！多聞聖弟子，於此五受陰非我、非我所，如實觀察。如實觀察已，於諸世間砠無所取，無所取故無所著，無所著故自覺涅槃：我生已盡，梵行已立，所作已作，自知不受後有。』」

如此親切樸實的教導，顯現了偉大導師如何循循善誘，讓人如面春風，如沐時雨，熱惱者因之而「現法離諸熾然」，永獲清涼；利根者則當下得脫，「遠離塵垢，得法眼淨。」畢竟簡單的對話，已揭示了生命的實相與眾生的本質，即諸行無常，諸法無我。

自我色身隨時在變化，這是吾人經驗所及；外在現象不斷在變化，亦是吾人經驗所及。受（感受感觸）、想（想像記憶）、行（思考造作）、識（認識辨別）亦復如是。有變化即無恆常，即有愛恨情仇、悲歡離合、老衰病死諸多事與願違的痛苦滋生。以不能自主讓色受想行識絕不變動或變動，亦即無法「欲令如是，不令如是」（卻強求「欲令如是，不令如是」），故知或色或受或想或行或識皆非「是我」（五受陰即我自身），亦非「異我」（五受陰為我所有），亦非「相在」（我在五陰中，五陰在我中，相互表裡）。更何況色如「隨流聚沫」無有堅實，受如「大雨水泡」無有堅實，想如「野馬流動」無有堅實，行如「大芭蕉樹葉葉次剝」無有堅實，識如「幻師幻作象兵馬兵」，無有堅實，何得而有真實存在之我。此義甚深，我佛因此不厭其煩作了如下的分析：

爾時，世尊告諸比丘：「譬如恒河大水暴起，隨流聚沫。明目士夫，諦觀分別。諦觀分別時，無所有，無牢，無實，無有堅固。所以者何？彼聚沫中無堅實故。如是，諸所有色，若過去、若未來、若現在，若內、若外，若麤、若細，若好、若醜，若遠、若近，比丘諦觀思惟分別，諦觀思惟分別時，無所有，無牢，無實，無有堅固；如病、如癰、如刺、如殺，無常、苦、空、非我。所以者何？色無堅實故。

諸比丘！譬如大雨，水泡一起一滅。明目士夫，諦觀思惟分別。諦觀思惟分別時，無所有，無牢，無實，無有堅固。所以者何？以彼水泡無堅實故。如是，比丘！諸所有受，若過去、若未來、若現在，若內、若外，若麤、若細，若好、若醜，若遠、若近，比丘諦觀思惟分別。諦觀思惟分別時，無所有，無牢，無實，無有堅固；如病、如癰、如刺、如殺，無常、苦、空、非我。所以者何？以受無堅實故。

諸比丘！譬如春末夏初，無雲無雨，日盛中時，野馬流動。明目士夫，諦觀思惟分別。諦觀思惟分別時，無所有，無牢，無實，無有堅固。所以者何？以彼野馬無堅實故。如是，比丘！諸所有想，若過去、若未來、若現在，若內、若外，若麤、若細，若好、若醜，若遠、若近，比丘諦觀思惟分別。諦觀思惟分別時，無所有，無牢，無實，無有堅固；如病、如癰、如刺、如殺，無常、苦、空、非我。所以者何？以想無堅實故。

諸比丘！譬如明目士夫，求堅固材，執持利斧，入於山林，見大芭蕉樹，［月+庸］直長大，即伐其根，斬截其峰，葉葉次剝，都無堅實。明目士夫，諦觀思惟分別。諦觀思惟分別時，無所有，無牢，無實，無有堅固。所以者何？以彼芭蕉無堅實故。如是，比丘！諸所有行，若過去、若未來、若現在，若內、若外，若麤、若細，若好、若醜，若遠、若近，比丘諦觀思惟分別。諦觀思惟分別時，無所有，無牢，無實，無有堅固；如病、如癰、如刺、如殺，無常、苦、空、非我。所以者何？以彼諸行無堅實故。

諸比丘！譬如幻師、若幻師弟子，於四衢道頭，幻作象兵、馬兵、車兵、步兵。有智明目士夫，諦觀思惟分別。諦觀思惟分別時，無所有，無牢，無實，無有堅固。所以者何？以彼幻無堅實故。如是，比丘！諸所有識，若過去、若未來、若現在，若內、若外，若麤、若細，若好、若醜，若遠、若近，比丘諦觀思惟分別。諦觀思惟分別時，無所有，無牢，無實，無有堅固；如病、如癰、如刺、如殺，無常、苦、空、非我。所以者何？以識無堅實故。」

爾時，世尊欲重宣此義，而說偈言：觀色如聚沫，受如水上泡，想如春時燄，諸行如芭蕉，諸識法如幻，日種姓尊說。周匝諦思惟，正念善觀察，無實不堅固，無有我我所。於此苦陰身，大智分別說，離於三法者，身為成棄物，壽暖及諸識，離此餘身分，永棄丘塚間，如木無識想。此身常如是，幻偽誘愚夫，如殺如毒刺，無有堅固者。比丘勤修習，觀察此陰身，晝夜常專精，正智繫念住，有為行長息，永得清涼處。」

故知生命現象與眾生的假體，只是五受陰的變動不居與陰陰相續，昧於此一生命真相，是曰眾生。所謂「於色染著纏綿，名曰眾生；於受、想、行、識染著纏綿，名曰眾生。」若能不受五陰繫縛，即可領會「無人、無我、無眾生、無壽者」之意旨矣。豈不聞老子亦言：「人之大患，在我有身。」而吾人一向執取有獨立自主之我，有恆常不空之我，於是面對不能獨立不能自主不能恆常不能不空，憂悲惱苦純大苦聚集自然於焉生起：「愚癡無聞凡夫，於色集、色滅、色患、色味、色離不如實知。不如實知故，愛樂於色，言：色是我、是我所，而取攝受。彼色若壞、若異，心識隨轉，惱苦生。惱苦生已，恐怖、障閡、顧念、憂苦、結戀。於受、想、行、識，亦復如是。

是名身、心苦患。」是故我佛大慈大悲，開發顯示不共外道之無我法門：「多聞聖弟子，於色集、色滅、色味、色患、色離如實知。如實知已，不生愛樂，見色是我、是我所。彼色若變、若異，心不隨轉惱苦生。心不隨轉惱苦生已，得不恐怖、障閡、顧念、結戀。受、想、行、識，亦復如是。是名身苦患、心不苦患。」

唯有洞見色受想行識等五受陰的無常、苦、空與無我，是謂「知苦聖諦」。須知：「於苦聖諦未無間等，而欲於苦集聖諦、苦滅聖諦、苦滅道跡無間等者，無有是處。」「若比丘於苦聖諦已知已解，於苦集聖諦已知已斷，於苦滅聖諦已知已證，於苦滅道跡聖諦已知已修，如是比丘則斷愛欲，轉去諸結，於慢無間等究竟苦邊。」

觀自在菩薩所以能自度度人，「度一切苦厄」，端賴「照見五蘊皆空」。大乘般若經典顯發第一義諦，皆在闡明此一無常、苦、空、無我之根本要旨。可惜「其諸眾生於苦聖諦不如實知……如彼雪山土石，其數無量。」世尊乃諄諄囑咐：「是故，比丘！於四聖諦未無間等者，當勤方便，起增上欲，學無間等。」我等菩薩行者，幸留意焉！

之四：先知法住後知涅槃

經云：「『世尊！此四聖諦為漸次無間等？為一頓無間等？』佛告長者：『此四聖諦漸次無間等，非頓無間等。』」又云：「譬如：比丘！若有人言：『以四階道昇於殿堂，要由初階，然後次登第二、第三、第四階，得昇殿堂。』應作是說，所以者何？要由初階，然後次登第二、第三、第四階，昇於殿堂，有是處故。如是，比丘！若言於苦聖諦無間等已，然後次第於苦集聖諦、苦滅聖諦、苦滅道跡聖諦無間等者，應作是說，所以者何？若於苦聖諦無間等已，然後次第於苦集聖諦、苦滅聖諦、苦滅道跡聖諦無間等者，有是處故。」畢竟，修行是要講求正確次第，始能通達成就。否則次第顛倒，本末錯置，恐將十人九蹉路也。

今世之一分行者，鄙視原始經教，獨好大乘。殊不知大乘所載，若非彰顯菩薩之證悟境界，即是讚嘆佛陀圓滿之果德。吾輩凡夫，殷勤誦習誦讀，總覺少了一個下手之處。善哉印順導師有言：「釋尊開示的正法，是『先知法住，後知涅槃』。修學者先徹了因果的必然性——如實知緣起；依緣起而知無常，無我無我所，實現究竟的解脫——

涅槃寂滅。涅槃不落有無，不是意識語言所可表示，為修行而自覺自證知的。以菩薩大行為主『初期大乘』經，繼承『佛法』的正法中心，但『佛法』是『先知法住，後知涅槃』，而『初期大乘』經，卻是直顯深義——涅槃，空性、真如、法界等，都是涅槃的異名。所以，『佛法』從緣起入門，『初期大乘』是直顯諸法的本性寂滅。」直指佛法修學之次第，是從緣起入門，亦即「先知法住」下手也。

有關先知法住的開示，來自雜阿含的一段饒富啟發的故事：

如是我聞：一時，佛住王舍城迦蘭陀竹園。若王、大臣、婆羅門、長者、居士，及餘世人所共恭敬、尊重，供養佛，及諸聲聞眾，大得利養——衣被、飲食、臥具、湯藥。都不恭敬、尊重，供養眾邪異道，衣被、飲食、臥具、湯藥。

爾時，眾多異道，聚會未曾講堂，作如是論：「我等昔來，常為國王、大臣、長者、居士，及餘一切之所奉事恭敬，供養衣被、飲食、臥具、湯藥，今悉斷絕，但恭敬、供養沙門瞿曇、聲聞大眾，衣被、飲食、臥具、湯藥。今此眾中，誰有智慧大力，堪能密往，詣彼沙門瞿曇眾中出家，聞彼法已，來還廣說；我等當復用彼聞法，化諸國王、大臣、長者、居士，令其信樂，可得還復供養如前。」

時，有人言：「有一年少，名曰須深，聰明、黠慧，堪能密往沙門瞿曇眾中出家，聽彼法已，來還宣說。」

時，諸外道，詣須深所，而作是言：「我今日大眾聚集未曾講堂，作如是論：我等先來為諸國王、大臣、長者、居士，及諸世人之所恭敬、奉事，供養衣被、飲食、臥具、湯藥，今悉斷絕。國王、大臣、長者、居士，及諸世間，悉共奉事沙門瞿曇、聲聞大眾。我此眾中，誰有聰明、黠慧，堪能密往沙門瞿曇眾中，出家學道。聞彼法已，來還宣說，化諸國王、大臣、長者、居士，令我此眾還得恭敬、尊重、供養。其中有言：唯有須深聰明、黠慧，堪能密往瞿曇法中，出家學道，聞彼說法，悉能受持，來還宣說。是故我等故來相請，仁者當行！」

時，彼須深默然受請，詣王舍城迦蘭陀竹園。

時，眾多比丘出房舍外，露地經行。

爾時，須深詣眾多比丘，而作是言：「諸尊！我今可得於正法中出家，受具足，修梵行不？」

時，眾多比丘，將彼須深，詣世尊所，稽首禮足，退住一面。白佛言：「世尊！今此外道須深，欲求於正法中出家，受具足，修梵行。」

爾時，世尊知外道須深心之所念，告諸比丘：「汝等當度彼外道須深，令得出家。」

時，諸比丘願度須深出家，已經半月。

有一比丘，語須深言：「須深！當知我等生死已盡，梵行已立，所作已作，自知不受後有。」

時，彼須深語比丘言：「尊者！云何學離欲、惡不善法，有覺有觀，離生喜樂，具足初禪，不起諸漏，心善解脫耶？」

比丘答言：「不也，須深！」

復問：「云何離有覺有觀，內淨一心，無覺無觀，定生喜樂，具足第二禪，不起諸漏，心善解脫耶？」

比丘答言：「不也，須深！」

復問：「云何尊者，離喜，捨心住，正念正智，身心受樂，聖說及捨，具足第三禪，不起諸漏，心善解脫耶？」

答言：「不也，須深！」

復問：「云何尊者，離苦息樂，憂喜先斷，不苦不樂，捨淨念一心，具足第四禪，不起諸漏，心善解脫耶？

答言：「不也，須深！」

復問：「若復寂靜、解脫，起色、無色，身作證具足住，不起諸漏，心善解脫耶？」

答言：「不也，須深！」

須深復問：「云何尊者所說不同，前後相違？云何不得禪定，而復記說？」

比丘答言：「我是慧解脫也。」作是說已，眾多比丘各從座起而去。

爾時，須深知眾多比丘去已，作是思惟：此諸尊者所說不同，前後相違，言不得正受，而復記說自知作證。

作是思惟已，往詣佛所，稽首禮足，退住一面。白佛言：

「世尊！彼眾多比丘，於我面前記說：我生已盡，梵行已立，所作已作，自知不受後有。我即問彼尊者：得離欲、惡不善法，乃至身作證，不起諸漏，心善解脫耶？彼答我言：不也，須深！我即問言：所說不同，前後相違，言不入正受，而復記說自知作證！彼答我言：得慧解脫。作此說已，各從座起而去。我今問世尊：云何彼所說不同，前後相違，不得正受，而復說言自知作證？」

佛告須深：「彼『先知法住，後知涅槃』。彼諸善男子，獨一靜處，專精思惟，不放逸住，離於我見，不起諸漏，心善解脫。」

須深白佛：「我今不知『先知法住，後知涅槃』，彼諸善男子，獨一靜處，專精思惟，不放逸住，離於我見，不起諸漏，心善解脫？」

佛告須深：「不問汝知不知，且自『先知法住，後知涅槃』。彼諸善男子，獨一靜處，專精思惟，不放逸住，離於我見，心善解脫。」

須深白佛：「唯願世尊為我說法，令我得知法住智，得見法住智！」

佛告須深：「我今問汝，隨意答我。須深！於意云何？有生故有老死，不離生有老死耶？」

須深答曰：「如是，世尊！有生故有老死，不離生有老死。」

「如是生；有、取、愛、受、觸、六入處、名色、識、行、無明。有無明，故有行，不離無明而有行耶？」

須深白佛：「如是，世尊！有無明，故有行，不離無明而有行。」

佛告須深：「無生故無老死，不離生滅而老死滅耶？」

須深白佛言：「如是，世尊！無生故無老死，不離生滅而老死滅。」

「如是乃至無『無明』故無『行』，不離無明滅而行滅耶？」

須深白佛：「如是，世尊！無無明故無行，不離無明滅而行滅。」

佛告須深：「作如是知、如是見者，為有離欲、惡不善法，乃至身作證具足住不？」

須深白佛：「不也，世尊！」

佛告須深：「是名『先知法住，後知涅槃』。彼諸善男子，獨一靜處，專精思惟，不放逸住，離於我見，不起諸漏，心善解脫。」

佛說此經已，尊者須深遠塵、離垢，得法眼淨。爾時，須深見法，得法，覺法，度疑，不由他信，不由他度，於正法中心得無畏。

一樣的諄諄教誨，一樣的循循善誘，沒有玄談，沒有虛論，只有揭示因緣法、緣生法，所謂「此有故彼有，此生故彼生，謂緣無明有行……乃至生老病死憂悲惱苦集；所謂此無故彼無，此滅故彼滅，謂無明滅則行滅……乃至生老病死憂悲惱苦滅。」直指「於此五受陰（五蘊）不如實知，不知不見，不無間等，愚闇不明，是名無明」之無明為生死流轉之本源。眾生正是因為「不解十二因緣法，流轉生死，無有出期，皆悉迷惑，不識行本，於今世至後世，從後世至今世，永在五惱之中，求出甚難。」而徹底洞見此一流轉生死之憂悲惱苦，即所謂「習苦」，「習苦，便有信；習信，便有正思惟；習正思惟，便有正念正智；習正念正智，便有護諸根、護戒、不悔、歡悅、喜、止、樂、定、見如實、知如真、厭、無欲、解脫；習解脫，便得涅槃。」亦即先知法住，得此「法住智」，始有不起諸漏見法涅槃之可能。僅有禪定而無法住智，並不能使人調伏寂靜究竟解脫。

佛說：「緣起法者，非我所作，亦非餘人作。然彼如來出世，及未出世，法界常住。彼如來自覺此法，成等正覺，為諸眾生分別演說、開發、顯示。」我佛大慈大悲，開顯八萬四千法門，都不能背離此一緣起之法；過去、現在乃至未來現見涅槃者，亦皆由此緣起之法之如實諦觀始。

「因緣所生法，我說即是空。」一旦「見緣起則見法，見法則見佛。」行者欲以布施持戒乃至般若智慧下化上求，與眾生皆共成佛道，請三復斯言！

之五：善知識善伴黨

佛說：「有四種法，未淨聖慧眼而得清淨。云何為四？親近善知識恭敬、承事，聞善法，善思惟，趣向法次法。」佛又告舍利弗：「如汝所說，流者謂八聖道。入流分者有四種，謂親近善男子、聽正法、內正思維、法次法向。入流者成就四法，謂於佛不壞淨、於法不壞淨、於僧不壞淨、聖戒成就。」揭示欲入聖者之流，其首要在親近善男子、善知識、善伴黨也。有了善知識，始知聽聞正法，始能內正思維，始善法次法向。

同明相照，同氣相求，同病相憐，同憂相救，同情相契，同愛相留，物以類聚乃眾生之習性。是故佛告諸比丘：「眾生常與界俱，與界和合。云何與界俱？謂眾生不善心時與不善界俱，善心時與善界俱；鄙心時與鄙界俱，勝心時與勝界俱。時尊者憍陳如與眾多比丘於近處經行，一切皆是上座多聞大德，出家已久，具修梵行。復有尊者大迦葉與眾多比丘於近處經行，一切皆是少欲知足，頭陀苦行，不畜遺餘。尊者舍利弗與眾多比丘於近處經行，一切皆是大智辯才。時尊者大目揵連與眾多比丘於近處經行，一切皆是神通大力。時阿那律陀與眾多比丘於近處經行，一切皆是天眼明徹。時尊者二十億耳與眾多比丘於近處經行，一切皆是勇猛精進，專勤修行者。時尊者陀驃與眾多比丘於近處經行，一切皆是能為大眾修供具者。時尊者優波離與眾多比丘於近處經行，一切皆是通達律行。時尊者富樓那與眾多比丘於近處經行，皆是辯才善說法者。時尊者迦旃延與眾多比丘於近處經行，一切皆能分別諸經，善說法相。時尊者阿難與眾多比丘於近處經行，一切皆是多聞總持。時尊者羅侯羅與眾多比丘於近處經行，一切皆是善持律行。時提婆達多與眾多比丘於近處經行，一切皆是習眾惡行。是名比丘常與界俱，與界和合。」因此吾人所親近的知識，如同一面鏡子，足以照見自己是善是惡是不善不惡也。

為聽聞正法，為內正思維，為法次法向，不能沒有善知識的引導。「善知識、善伴黨、善隨從者，未生貪欲蓋令不生，已生者令斷；未生瞋恚、睡眠、掉悔、疑蓋令不生，已生者令斷。未生念覺分令生，已生者重生令增廣；未生擇法、精進、喜、猗、定、捨覺分令生，已生者重生令增廣。」善能幫助吾人離欲惡不善法，步步趨向菩提之道。至於「惡知識、惡伴黨者，未生貪欲蓋令生，已生者重生令增廣；未生瞋恚、睡眠、掉悔、疑蓋令生，已生者重生令增廣。」處處導引為五蓋所覆，步步趨向三惡道矣。為示善惡知識抉擇之重要，我佛更不厭其煩作如是解析：「世尊告諸比丘：我今當說善知識法，亦當說惡知識法。諦聽！諦聽！善思念之！諸比丘對曰：如是，世尊！爾時諸比丘從佛受教。世尊告曰：彼云何名為惡知識法？於是，比丘！惡知識人便生此念：『我於豪族出家學道，餘比丘者卑賤家出家。依己姓望，毀呰餘人，是謂名為惡知識法。復次，惡知識人便生此念：『我極精進奉諸正法，餘比丘者不精進持戒。』復以此義，毀呰他人，而自貢高，是謂為惡知識法。復次，惡知識者復作是念：『我三昧成就，餘比丘者無有三昧，心意錯亂，而不一定。』彼依此三昧，常自貢高，毀呰他人，是謂名為惡知識法。復次，惡知識復作是念：『我智慧第一，此餘比丘無有智慧。』彼依此智慧，而自貢高，毀呰他人，是謂名為惡知識法。復次，惡知識人復作是念：『我今常得飯食、床褥、臥具、病瘦醫藥，此餘比丘不能得此供養之具。』彼依此利養之物，而自貢高，毀呰他人，是謂名為惡知識法。是謂，比丘！惡知識人行此邪業。

彼云何為善知識之法？於是，比丘！善知識人不作是念：『我豪族家生，此餘比丘不是豪族家，己身與彼而無有異。』是謂名為善知識法。復次，善知識人不作是念：『我今持戒，此餘比丘不持戒行，己身與彼無有增減。』彼依此戒，不自貢高，不毀他人，是謂，比丘！名為善知識法。復次，比丘！善知識人復不作是念：『我三昧成就，此餘比丘意亂不定，己身與彼亦無增減。』彼依此三昧，不自貢高，亦不毀呰他人，是謂，比丘！名為善知識法。復次，比丘！善知識人不作是念：『我智慧成就，此餘比丘無有智慧，己身與彼亦無增減。』彼依此智慧，不自貢高，亦不毀他人，是謂，比丘！名為善知識法。復次，比丘！善知識人不作是念：『我能得衣被、飯食、床褥、臥具、疾病醫藥，此餘比丘不能得衣被、飯食、床褥、臥具、疾病醫藥，己身與彼亦無增減。』彼依此利養，不自貢高，亦不毀他人，是謂，比丘！名為善知識法。爾時，世尊告諸比丘：『我今與汝分別惡知識法，亦復與汝說善知識法。是故，諸比丘！惡知識法當共遠離，善知識法念共修行。如是，諸比丘！當作是學。』」善惡分別苟非至關緊要，何勞我佛如此苦口婆心？

不只善惡抉擇至關緊要，善知識之梵行清白純一滿淨，亦至關緊要。請看我佛更進一步的開示：

「尊者阿難從禪覺，往詣佛所，稽首禮足，退坐一面，白佛言：『世尊，我獨一靜處，禪思思惟，作是念：半梵行者，所謂善知識、善伴黨、善隨從，非惡知識、惡伴黨、惡隨從。』佛告阿難：『莫作是言：半梵行者，謂善知識、善伴黨、善隨從，非惡知識、惡伴黨、惡隨從。所以者何？純一滿淨、梵行清白，所謂善知識、善伴黨、善隨從，非惡知識、惡伴黨、惡隨從。我為善知識故，有衆生於我所取念覺分，依遠離、依無欲、依滅、向於捨。如是擇法覺分，精進、喜、猗、定、捨覺分，依遠離、依無欲、依滅、向於捨。以是故當知，阿難，純一滿淨、梵行清白，謂善知識、善伴黨、善隨從，非惡知識、非惡伴黨、非惡隨從。』」原來必須梵行清白、純一滿淨之全梵行，始可從七覺支的教授，漸次導向遠離、離欲、滅盡而向於捨。故半梵行者，不能為善知識也。

世有善知識，將「引善道以至無為，度脫眾生不可稱計，皆悉免除生老病死憂悲惱苦。若善男子、善女人與善知識共從事者，信根增益，聞、施、慧德皆悉備具，猶如月欲盛滿，光明漸增，倍於常時。此亦如是，若有善男子、善女人親近善知識，信、聞、念、施、慧皆悉增益。」可惜相似像法流行之今日，偽知識惡知識好作善知識，造諸惡緣，種諸地獄罪根，行者不能明察，往往視魚目為寶珠矣。

世尊是法根，是法眼，是法依，猶殷殷告誡不得以是佛所言而深信不疑。般涅槃之際，更再三囑咐：「住於自洲，住於自依，住於法洲，住於法依，不異洲，不異依。」勗勉弟子依法不依人，以法為師。今之行者，好擁大師、明師、禪師、無上師、活佛以自誇，而此諸大師明師者，亦以其世間思維販賣相似佛法且自讚不異於佛。依人不依法，不免一盲引眾盲，相牽入火坑矣。

依人不依法，奉之為權威為偶像，種種過患必然生起，我佛既已言之矣。世之擁徒自重與唯師為是者，請深思焉：

「爾時，世尊告諸比丘：『若信人者，生五種過患，彼人或時犯戒違律，為眾所棄。恭敬其人者，當作是念：此是我師，我所敬重，眾僧棄薄，我今何緣入彼塔寺？不入塔寺已，不敬眾僧；不敬僧已，不得聞法；不聞法已，退失善法，不得久住於正法中，是名信敬人生初過患。』

『復次，敬信人者，所敬之人犯戒違律，眾僧為作不見舉。敬信彼人者，當作是念：此是我師，我所敬重，而今眾僧作不見舉，我今何緣復入塔寺？不入塔寺已，不敬眾僧；不敬眾僧已，不得聞法；不聞法已，退失善法，不得久住於正法中，是名敬信人故生第二過患。』

『復次，彼人若持衣缽，餘方遊行。敬彼人者，而作是念：我所敬人著衣持缽，人間遊行，我今何緣入彼塔寺？不入塔寺已，不得恭敬眾僧；不敬眾僧已，不得聞法；不聞法已，退失善法，不得久住於正法中，是名敬信人故生第三過患。』

『復次，彼所信敬人捨戒還俗。敬信彼人者，而作是念：彼是我師，我所敬重，捨戒還俗，我今不應入彼塔寺。不入寺已，不敬眾僧；不敬僧已，不得聞法；不聞法已，退失善法，不得久住於正法中，是名敬信人故生第四過患。』

『復次，彼所信敬人身壞命終。敬信彼人者，而作是念：彼是我師，我所敬重，今已命終，我今何緣入彼塔寺？不入寺故，不得敬僧；不敬僧已，不得聞法；不聞法故，退失善法，不得久住於正法中，是名敬信人故生第五過患。』」

之六：心淨故眾生淨

原始佛法，不談「三界唯心，萬法唯識」，只談「心惱故眾生惱，心淨故眾生淨。」蓋倡言三界唯心，容易執取有一真常能生萬法之心，不免落入有我之邪見。實則「名色集則心集，名色滅則心沒。隨集法觀心住，隨滅法觀心住，隨集、滅法觀心住，則無所依住，於諸世間則無所取。」名色（五受陰）無常、苦、空、無我，名色集起之心當然無常、苦、空、無我。以是知不能體認無常無我，必生取著，必生結使。何謂取著？「世尊告諸比丘：『取故生著，不取則不著。諦聽，善思，當為汝說。』比丘白佛：『唯然，受教。』佛告比丘：『云何取故生著？愚癡無聞凡夫於色見是我、異我、相在，見色是我、我所而取，取已，彼色若變、若異，心亦隨轉，心隨轉已，亦生取著，攝受心住，攝受心住故，則生恐怖、障礙、心亂，以取著故。愚癡無聞凡夫於受、想、行、識，見我、異我、相在，見識是我、我所而取，取已，彼識若變、若異，彼心隨轉，心隨轉故，則生取著，攝受心住，住已，則生恐怖、障礙，心亂，以取著故，是名取著。』」以有我、我所而取著必然增長心惱，心惱則眾生惱矣。

什麼樣的心，就塑造什麼樣的眾生，什麼樣的心，就顯現什麼樣的生命形態。「眾生常與界俱，與界和合，云何眾生常與界俱？謂眾生行不善心時，與不善界俱；善心時，與善界俱；勝心時，與勝界俱；鄙心時，與鄙界俱；是故，諸比丘，當作是學，善種種界。」就如同嗟蘭那鳥，佛告比丘：「如嗟蘭那鳥種種雜色，我說彼心種種雜，亦復如是。所以者何？彼嗟蘭那鳥心種種故，其色種種。」因此世尊勗勉吾人：「當善觀察，思惟於心，長夜種種貪欲、瞋恚、愚癡所染；心惱故眾生惱，心淨故眾生淨。譬如畫師、畫師弟子，善治素地，具眾彩色，隨意圖畫種種像類。如是，比丘！凡愚眾生，不如實知色，色集，色滅，色味，色患，色離。於色不如實知故，樂著於色；樂著色故，復生未來諸色。如是，凡愚眾生，不如實知受、想、行，不如實知識，識集，識滅，識味，識患，識離，不如實知故，樂著於識；樂著識故，復生未來諸識。當生未來色、受、想、行、識故，於色不解脫，受、想、行、識不解脫，我說彼不解脫生老病死、憂悲惱苦。有多聞聖弟子，如實知色，色集，色滅，色味，色患，色離。如實知故，不樂著於色；以不樂著故，不生未來色。如實知受、想、行，如實知識，識集，識滅，識味，識患，識離，如實知故，不樂著於識；不樂著故，不生未來諸識。不樂著於色、受、想、行、識故，於色得解脫，受、想、行、識得解脫，我說彼等解脫生老病死、憂悲惱苦。」而吾人於色染著纏綿，是為眾生；於受、想、行、識染著纏綿，是為眾生。既為眾生，遂「於無始生死，無明所蓋，愛結所繫，長夜輪迴生死，不知苦際。諸比丘！譬如狗，繩繫著柱，結繫不斷故，順柱而轉，若住、若臥，不離於柱。如是，凡愚眾生，於色不離貪欲，不離愛，不離念，不離渴，輪迴於色，隨色轉，若住、若臥，不離於色。如是，受、想、行、識，隨受、想、行、識轉，若住、若臥，不離於識。」

我佛是大覺者大醫王，出現於世，是為解決眾生生老病死憂悲惱苦的現實問題，故不談世界有邊無邊、如來身後為有為無諸種種無記。「我不與世間諍，而世間與我諍」，佛所不諍者，正是世間無常、苦、變易法也。有人批評佛法悲觀怯懦，厭離世間，固不知佛法之世間云者，正五受陰六入處之所集而已。「我所謂世間者，云何名世間？佛告三彌離提，謂眼色眼識眼觸，眼觸因緣生受，內覺若苦若樂不苦不樂；耳、鼻、舌、身……意法意識意觸，意觸因緣生受，內覺若苦若樂不苦不樂，是名世間。所以者何？六入處集則觸集，如是乃至純大苦聚集。三彌離提，若無彼眼，無色無眼識無眼觸，無眼觸因緣生受，內覺若苦若樂不苦不樂；無耳鼻舌身……意法意識意觸，意觸因緣生受，內覺若苦若樂若不苦不樂者，則無世間，亦不施設世間，所以者何？六入處滅則觸滅，如是乃至純大苦聚滅故。」名色滅緣六入處滅，乃至六入處滅緣觸、受、愛、取、生老病死滅。故知厭離世間者，厭離五受陰之無常、苦、變易也，厭離五欲功德之無常、苦、空、無我也。

五受陰與六入處所組合的生命，既是無常、苦、變易法，身之苦患不可避免，心卻可以不隨無常轉而苦惱生。「善哉長者！汝今諦聽，當為汝說。愚癡無聞凡夫，於色集、色滅、色患、色味、色離不如實知。不如實知故，愛樂於色，言：色是我、是我所，而取攝受。彼色若壞、若異，心識隨轉，惱苦生。惱苦生已，恐怖、障閡、顧念、憂苦、結戀。於受、想、行、識，亦復如是，是名身、心苦患。云何身苦患、心不苦患？多聞聖弟子，於色集、色滅、色患、色味、色離如實知。如實知已，不生愛樂，見色是我、是我所。彼色若變、若異，心不隨轉惱苦生。心不隨轉惱苦生已，得不恐怖、障閡、顧念、結戀。受、想、行、識，亦復如是。是名身苦患、心不苦患。」以心不苦患，乃能心不熱惱，乃能心不繫縛，乃能心得清淨，乃能心正解脫。

凡夫競逐五欲功德，心於色於聲於香於味於觸染著，隨有二受，所謂身受、心受，故極生苦痛。聖弟子不染欲樂、不生瞋恚，唯有一受，所謂身受，不生心受，故惱苦不繫。佛說智者不被第二支毒箭，實予吾人無窮之啟示也：

爾時，世尊告諸比丘：「愚癡無聞凡夫生苦受、樂受，不苦不樂受，多聞聖弟子，亦生苦受、樂受，不苦不樂受，諸比丘！凡夫、聖人有何差別？」

諸比丘白佛：「世尊是法根，法眼，法依，善哉！世尊！唯願廣說，諸比丘聞已，當受奉行。」

佛告諸比丘：「愚癡無聞凡夫身觸生諸受，苦痛逼迫，乃至奪命，憂愁啼哭，稱怨號呼。」

佛告諸比丘：「諦聽！善思！當為汝說。諸比丘！愚癡無聞凡夫身觸生諸受，增諸苦痛，乃至奪命，愁憂稱怨，啼哭號呼，心生狂亂，當於爾時增長二受：若身受，若心受，譬如士夫身被雙毒箭，極生苦痛，愚癡無聞凡夫亦復如是，增長二受：身受、心受，極生苦痛。所以者何？以彼愚癡無聞凡夫不了知故，於諸五欲生樂受觸，受五欲樂；受五欲樂故，為貪使所使。苦受觸故，則生瞋恚；生瞋恚故，為恚使所使。於此二受，若集、若滅、若味、若患、若離不如實知，不如實知故，生不苦不樂受，為癡使所使。為樂受所繫終不離，苦受所繫終不離，不苦不樂受所繫終不離，云何繫？謂為貪、恚、癡所繫，為生老病死、憂悲惱苦所繫。多聞聖弟子身觸生苦受，大苦逼迫，乃至奪命，不起憂悲稱怨，啼哭號呼，心亂發狂，當於爾時唯生一受，所謂身受，不生心受，譬如士夫被一毒箭，不被第二毒箭，當於爾時，唯生一受，所謂身受，不生心受。為樂受觸，不染欲樂；不染欲樂故，於彼樂受貪使不使。於苦觸受不生瞋恚；不生瞋恚故，恚使不使。於彼二使，集、滅、味、患、離如實知；如實知故，不苦不樂受癡使不使。於彼樂受解脫不繫，苦受、不苦不樂受解脫不繫，於何不繫？謂：貪、恚、癡不繫，生老病死、憂悲惱苦不繫。」

爾時，世尊即說偈言：「多聞於苦樂，非不受覺知，彼於凡夫人，其實大有間。樂受不放逸，苦觸不增憂，苦樂二俱捨，不順亦不違。比丘勤方便，正智不傾動，於此一切受，黠慧能了知。了知諸受故，現法盡諸漏，身死不墮數，永處般涅槃。」

「譬如工畫師，不能知自心，而由心故畫，諸法性如是。」「心為繫縛解脫本，是故說心為第一。」旨哉斯言也！

之七：供養三火施安樂

事火婆羅門，以火為天之口，燒火祀天，謂燒饗物於火，則天食之，而賜人以福，此即火供，又云護摩。此乃外道鬼神迷信，當然佛法所不許。不意密教承其陋習，變本而加厲，不僅可食之物可燒，可用之物亦盡可燒，而又附會為佛法成就之法門。如密教行者陳健民云：「為求悉地之主要行法，藏密宗喀巴祖師所著《金剛道次第廣論》第六卷中，亦曾標舉火供為求悉地之重要法門。」其主旨分為六目：第一目為圓滿供養諸佛或天神，第二目為補充念誦等功課之闕漏，第三目為求各種悉地（即成就）而舉行火供，第四目為求本尊歡喜，消除二障，快得圓滿起分、證分之成就，第五目為增益資糧，利生善事易得成就，第六目為其他一切善事而舉行火供。以為「火供者，可稱為圓滿供養，能得諸佛諸天歡喜。」「因本尊及諸天暗中嘿助，可以使行者層層克伏，然後生起次第，觀想明顯深刻，佛慢堅固；圓滿次第，氣力、定力、大樂力、知夢轉夢力、睡光力、中陰修持力、轉運神識力，皆能如願如法圓滿成就也。」此種行持，如同以淫慾為道，倡言雙身行淫以體證樂空不二，一樣皆是我佛所斥之邪見邪行。今世頗多追求即身成佛者，奉而行之，渾不知佛法為何物矣。

佛為破斥外道無稽無益之求福愚行，特說供養三火與斷滅三火。其因緣本末如下：

如是我聞，一時，佛在拘薩羅人間遊行，至舍衛國祇樹給孤獨園。時，有長身婆羅門，作如是邪盛大會，以七百特牛行列繫柱，特、牸、水牛及諸羊犢、種種小蟲悉皆繫縛，辦諸飲食，廣行布施。種種外道從諸國國皆悉來集邪盛會所。時，長身婆羅門聞沙門瞿曇從拘薩羅人間遊行，至舍衛國祇樹給孤獨園，作是念：「我今辦邪盛大會，所以七百特牛行列繫柱，乃至小小諸虫皆悉繫縛，為邪盛大會故，種種異道從諸國國來至會所。我今當往沙門瞿曇所問邪盛法，莫令我作邪盛大會，分數中有所短少。」作是念已，乘白馬車，諸年少婆羅門前後導從，持金柄傘蓋，執金澡瓶，出舍衛城，詣世尊所，恭敬承事。至精舍門，下車步進，至於佛前，面相問訊慰勞已，退坐一面，白佛言：「瞿曇。我今欲作邪盛大會，以七百特牛行列繫柱，乃至小小諸蟲皆悉繫縛，為邪盛大會故，種種異道從諸國國皆悉來至邪盛會所。又聞瞿曇從拘薩羅人間遊行，至舍衛國祇樹給孤獨園。我今故來請問瞿曇邪盛大會法諸物分數，莫令我所作邪盛大會諸分數之中有所短少。」

佛告婆羅門：「或有一邪盛大會主行施作福而生於罪，為三刀劍之所刻削，得不善果報。何等三？謂身刀劍、口刀劍、意刀劍。何等為意刀劍生諸苦報？如一會主造作大會，作是思惟：我作邪盛大會，當殺爾所少壯特牛、爾所水特、水牸、爾所羊犢及種種諸蟲，是名意刀劍生諸苦報。如是施主雖念作種種布施，種種供養，實生於罪。云何為口刀劍生諸苦報？有一會主造作大會，作如是教：我今作邪盛大會，汝等當殺爾所少壯特牛，乃至殺害爾所微細蟲，是名口刀劍生諸苦報。大會主雖作是布施、供養，實生於罪。云何為身刀劍生諸苦報？謂有一大會主造作大會，自手傷殺爾所特牛，乃至殺害種種細蟲，是名身刀劍生諸苦報。彼大會主雖作是念種種布施、種種供養，實生於罪。

然婆羅門當勤供養三火，隨時恭敬，禮拜奉事，施其安樂。何等為三？一者根本，二者居家，三者福田。何者為根本火，隨時恭敬。奉事供養，施其安樂？謂善男子方便得財，手足勤苦，如法所得，供養父母，令得安樂，是名根本火。何故名為根本？若善男子從彼而生，所謂父母，故名根本。善男子以崇本故，隨時恭敬，奉事供養，施以安樂。

何等為居家火，善男子隨時育養，施以安樂？善男子方便得財。手足勤苦，如法所得，供給妻子、宗親、眷屬、僕使、傭客，隨時給與，恭敬施安，是名家火。何故名家？其善男子處於居家，樂則同樂，苦則同苦，在所為作皆相順從，故名為家。是故善男子隨時供給，施與安樂。

何等名田火，善男子隨時恭敬，尊重供養，施其安樂？謂善男子方便得財，手足勤勞，如法所得，奉事供養諸沙門、婆羅門，善能調伏貪、恚、癡者，如是等沙門、婆羅門，建立福田，崇向增進，樂分樂報，未來生天，是名田火。何故名田？為世福田，謂為應供，是故名田。是善男子隨時恭敬，奉事供養，施其安樂。」

爾時，世尊復說偈言：「根本及居家，應供福田火，是火增供養，充足安隱樂，無罪樂世間，慧者往生彼。如法財復會，供養所應養，供養應養故，生天得名稱。」

「然，婆羅門！今善男子先所供養三火應斷令滅。何等為三？謂貪欲火、瞋恚、愚癡火。所以者何？若貪火不斷不滅者，自害害他。自他俱害，現法得罪，後世得罪，現法後世得罪，緣彼而生心法憂苦，恚火、癡火亦復如是。婆羅門！若善男子事積薪火，隨時辛苦，隨時然、隨時滅火因緣受苦。」

爾時，長身婆羅門默然而住。時，有婆羅門子名鬱多羅，於會中坐。長身婆羅門須臾默然，思惟已，告鬱多羅：「汝能往至邪盛會所，放彼繫柱特牛及諸眾生受繫縛者，悉皆放不？而告之言：『長身婆羅門語汝，隨意自在。山澤曠野，食不斷草，飲淨流水，四方風中受諸快樂。』」鬱多羅白言：「隨大師教。」即往彼邪盛會所放諸眾生，而告之言：「長身婆羅門語汝，隨其所樂，山澤曠野，飲水食草，四風自適。」

爾時。世尊知鬱多羅，知已，為長身婆羅門種種說法，示教照喜，如律。世尊說法先後，說戒、說施及生天功德，愛、欲、味、患，出要清淨，煩惱清淨。開示現顯，譬如鮮淨白氎易受染色，長身婆羅門亦復如是，即於座上見四真諦，得無間等。時，長身婆羅門見法、得法、知法、入法，度諸疑惑，不由他度，於正法中得無所畏。即從座起，整衣服，偏袒右肩，合掌白佛：「已度，世尊！我從今日盡其壽命，歸佛、歸法、歸比丘僧，為優婆塞，證知我。唯願世尊與諸大眾受我飯食。」時，世尊默然而許。時，長身婆羅門知佛受請已，為佛作禮，右繞三匝而去。

這是一個活生生應病與藥隨機說法的實例。殺害種種眾生，雖作是念種種布施、種種供養，實生於罪。而燒燃饗物欲供養佛菩薩，應知佛菩薩不食火。須知：「人能受法，能行法者，斯乃名曰供養如來。云何名供養？受法而能行。陰、界、入無我，乃名第一供。」欲供養天，諸天飲食自然而得，未聞天食火也。然則「佛及天神，受之歡喜」之說，豈非虛誣。其能食火者，一分鬼神耳。欲供養鬼神諂事鬼神以求福，且圓滿各種悉地，等同緣木求魚矣。而天慢增長佛慢增長，貪火瞋火癡火熾然，「說十二種火供法，能除盡一切垢障而成大事」，亦癡人說夢而已。

大日經疏云：「護摩是如來慧火，能燒因緣所生之災橫。」又曰：「煩惱為薪，智慧為火，以是因緣，成涅槃飯，令諸弟子食。」以智慧之火，燒煩惱之薪，其理如法，可惜護摩行者，不能會此語也。

之八：晝防六賊夜惺惺

佛說修行次第，樸實具體又直截了當。有異比丘來詣佛所，問：「世尊！云何知、云何見，次第疾得漏盡？」爾時，世尊告彼比丘：「當正觀無常。何等法無常？謂眼無常，若色、眼識、眼觸、眼觸因緣生受，若苦、若樂、不苦不樂，當觀無常。耳、鼻、舌、身、意，當觀無常，若法、意識、意觸、意觸因緣生受，若苦、若樂、不苦不樂，彼亦無常。比丘！如是知、如是見，次第盡有漏」。蓋五受陰無常，色無常，眼耳鼻舌身意六入處當然無常。正觀六入處無常，無常是苦，是無我，是變易法。知苦習苦，知非知捨，即能滅苦，即能疾得漏盡。如世尊告諸比丘：「非汝有者，當棄捨，捨彼法已，長夜安樂。諸比於意云何？於此祇桓中，諸草木枝葉，有人持去，汝等頗有念言：『此諸物是我所，彼人何故輒持去？』」答言：「不也，世尊！」「所以者何？彼亦非我、非我所故。汝諸比丘亦復如是，於非所有物當盡棄捨，棄捨彼法已，長夜安樂。何等為非汝所有？謂眼，眼非汝所有，彼應棄捨，捨彼法已，長夜安樂。耳、鼻、舌、身、意亦復如是。云何？比丘！眼是常耶？為非常耶？」答言：「無常。」世尊復問：「若無常者，是苦耶？」答言：「是苦。世尊！」復問：「若無常、苦者，是變易法，多聞聖弟子寧於中見我、異我、相在不？」答言：「不也，世尊！」「耳、鼻、舌、身、意亦復如是，多聞聖弟子於此六入處觀察非我、非我所，觀察已，於諸世間都無所取，無所取故，無所著，無所著故，自覺涅槃：『我生已盡，梵行已立，所作已作，自知不受後有。』」。

六入處亦名曰六賊，所以者何？「凡夫之人，若眼見色，便起染著之心，不能捨離；彼已見色，極起愛著，流轉生死，無有解時；六情亦復如是。」面對此六賊，不能逃避，如外道之眼不見色，耳不聞聲，終無是處。「於此六根，不調伏不關閉不守護不執持不修習」，終將為賊所乘，得大苦報。唯有正觀，始能修如來不厭離正念正智：「爾時，世尊告鬱多羅：『汝師波羅奢那為汝等說修諸根不？』鬱多羅言：『說已，瞿曇！』佛告鬱多羅：『汝師波羅奢那云何說修諸根？』鬱多羅白佛言：『我師波羅奢那說，眼不見色，耳不聽聲，是名修根。』佛告鬱多羅：『若如汝波羅奢那說，盲者是修根不？所以者何？如唯盲者眼不見色。』爾時，尊者阿難在世尊後，執扇扇佛，尊者阿難語鬱多羅言：『如波羅奢那所說，聾者是修根不？所以者何？如唯聾者耳不聞聲。』爾時，世尊告尊者阿難：『異於賢聖法、律無上修諸根。』阿難白佛言：『唯願世尊為諸比丘說賢聖法、律無上修根，諸比丘聞已，當受奉行。』佛告阿難：『諦聽，善思，當為汝說。緣眼、色，生眼識，見可意色，欲修如來厭離正念正智。眼、色緣生眼識，不可意故，修如來不厭離正念正智。眼、色緣生眼識，可意不可意，欲修如來厭離、不厭離正念正智。……心善調伏、善關閉、善守護、善攝持、善修習，是則於眼、色無上修根。耳、鼻、舌、身、意法亦如是說。阿難！是名賢聖法，律無上修根。……彼聖弟子如是如實知：我眼、色緣生眼識，生可意，生不可意，生可意不可意，此則寂滅，此則勝妙，所謂俱捨；得彼捨已，離厭、不厭。譬如力士頃。如是眼、色緣生眼識生可意，生不可意，生可意不可意，俄爾盡滅，得離厭、不厭，捨。』」此則所謂無上修根，心善調伏也。

六根是六賊，宜善守護。然擒賊當擒王，擒王當知王所藏身處。而王者，不在眼亦不在色：「尊者摩訶拘絺羅問尊者舍利弗言：『云何尊者舍利弗！眼繫色耶？色繫眼耶？耳、聲，鼻、香，舌、味，身、觸，意、法；意繫法耶？法繫意耶？』尊者舍利弗答尊者摩訶拘絺羅言：『非眼繫色，非色繫眼，乃至非意繫法，非法繫意。尊者摩訶拘絺羅！於其中間，**若彼欲貪，是其繫也**。尊者摩訶拘絺羅！譬如二牛，一黑、一白，共一軛鞅縛繫。人問言：為黑牛繫白牛？為白牛繫黑牛？為等問不？』答言：『不也，尊者舍利弗！非黑牛繫白牛，亦非白牛繫黑牛，然於中間若軛，若繫鞅者，是彼繫縛。』『如是尊者摩訶拘絺羅！非眼繫色，非色繫眼，乃至非意繫法，非法繫意；中間欲貪，是其繫也。尊者摩訶拘絺羅！若眼繫色，若色繫眼，乃至若意繫法，若法繫意，世尊不教人建立梵行，得盡苦邊。以非眼繫色，非色繫眼，乃至非意繫法，非法繫意故，世尊教人建立梵行，得盡苦邊。尊者摩訶拘絺羅！世尊眼見色若好、若惡，不起欲貪；

其餘眾生，眼若見色若好、若惡，則起欲貪。是故世尊說當斷欲貪，則心解脫。乃至意、法，亦復如是。』」直指欲貪為驅使六賊為害之根本，欲貪無厭，則五欲功德熾盛，所謂「眼識色生愛念，長養欲樂；耳識聲、鼻識香、舌識味、身識觸生愛念，長養欲樂」也。

正觀無常正觀無我，為解脫欲貪繫縛不二之法門。「一切無常，云何一切？謂眼無常，若色、眼識、眼觸，眼觸因緣生受，若苦若樂不苦不樂，彼亦無常。如是耳鼻舌身意，若法、意識、意觸，意觸因緣生受，若苦若樂不苦不樂，彼亦無常。多聞聖弟子，如是觀者，於眼解脫。若色、眼識、眼觸，眼觸因緣生受，若苦若樂不苦不樂，彼亦解脫。如是耳、鼻、舌、身、意，法、意識、意觸，意觸因緣生受，若苦若樂不苦不樂，彼亦解脫，我說彼解脫生老病死憂悲惱苦。」又說一切無我：「眼非我，若眼是我者，不應受逼迫苦，應得於眼欲令如是，不令如是。以眼非我故，受逼迫苦，不得於眼欲令如是，不令如是。耳、鼻、舌、身、意，亦如是說。」如是正觀者，「則生厭離，厭離者，喜貪盡，喜貪盡者，說心解脫」矣。

覺知欲貪，不起欲貪，現法即可離諸熾然，永得清涼，緣自覺，不待時節因緣，離結法，離取法，離生老病死憂悲惱苦繫縛。佛法之可貴在正直捨方便，不待種種異方便以助顯，正於此可見。「尊者富留那比丘往詣佛所，稽首佛足，退住一面，白佛言：

『世尊說現法，說滅熾然，說不待時，說正向，說即此見，說緣自覺，世尊！云何為現法，……乃至緣自覺？』佛告富留那：『善哉！富留那！能作此問。富留那！諦聽！善思！當為汝說。富留那！比丘眼見色已，覺知色，覺知色貪：我此內有眼識色貪，我此內有眼識色貪如實知，富留那！若眼見色已，覺知色，覺知色貪：我此內有眼識色貪如實知者，是名現見法。云何滅熾然？云何不待時？云何正向？云何即此見？云何緣自覺？富留那！比丘眼見色已，覺知色，不起色貪覺：我有內眼識色貪，不起色貪覺如實知，若富留那！比丘眼見色已，覺知色，不起色貪覺，如實知色，不起色貪覺如實知，是名滅熾然、不待時、正向、即此見、緣自覺；耳、鼻、舌、身、意亦復如是。」

人間詞探討系列

之一：王國維的「人間」執愛

（國立高雄海洋科大學報第十九期・二〇〇四年）

提要

王靜安的《人間詞話》一出，即名重士林，評論詩文，鮮有不援引其說者也。而他的另一被後人推許為「殆五四以前詩壇之空谷足音，而結束數千年舊體詩詞之絕響」一的《人間詞》，雖僅是「興趣轉移」之作，王氏在其三十〈自序〉中卻有如此的自信：「所作尚不及百闋，然自南宋以後，除一二人外，尚未有能及余者。」二

作為一個革命性文學評論家，作為一個極度自負的詩歌創作者，王氏以「人間」名

一　周策縱《論王國維人間詞》，香港，萬有圖書公司，1972，頁30。

二　《海寧王靜安先生遺書》（以下簡稱遺書）第四冊，〈靜安文集續編〉，台北，台灣商務印書館，民65年，頁1788。

其詞話，以「人間」名其詞集，必然有其特別的意義在。特別是在其詞集中，「人間」竟然出現了三十八次，而其較不自愜的詩稿中，也用了多次。甚至在數處題跋中，亦曾以「人間」署名，足見王靜安對於「人間」一詞，不僅是「愛」，簡直是「執」了。

王靜安認為，詩歌者，「描寫人生者也。」藝術的任務，「在描寫人生之苦痛，與其解脫之道。」而人間者，正是人生之所寄所託也，無怪乎在其詩文中，處處表現了對人間的哀憫及無奈的喟嘆。

本文嘗試從生理的、心理的、社會的、天才的、學術的、哲學的幾個層面，探討王氏對「人間」又愛又執之根本緣由，揭開了潛藏其意識深處的「人間」神秘面目，不僅有助於了解其文學批評立論之依據，也有助於解讀他的詩詞所流露的感情及思想的內涵。更重要的是，王氏反對自殺，卻在享譽學界的五十盛年，自沉殞身，眾說紛紜的「五十之年，只欠一死」之謎，或許因此得以找到較合理的解釋。

關鍵詞：王國維、王靜安、人間、人間詞、人間詞話

壹、前言

王靜安是近世中國學術史上的奇才，治經學史地，治戲曲，治古文字學，治古器物之學，均能開新風氣，而有深詣創獲。尤其其有關文學與哲學相關之論述，更是獨具隻眼，自成一家，甚且被尊為「文學革命的先驅者」[三]。至其小詞創作，以歐西哲理融入其間，亦獲推許「三百年來，殆罕其匹。」[四]

歷來針對其學術成果而作研究者頗眾，就其《靜安文集》、《人間詞話》兼及《人間詞》來探討其文學理論與思想者尤多。王氏掙脫傳統，私淑叔本華，故其議論，迥異流俗。因此有關其文學理論的研究，亦產生諸多見解上的歧異。不過王氏為何獨對「人間」如此又愛又執，「人間」在其潛意識裡究竟如何薰習又如何現行，如何影響其人生觀、藝術觀與創作觀，這屬於根本的核心的問題，一直沒有專文討論。筆者以為，如能解開王氏「人間」執愛之謎，有關其人悲劇的性格，將有直探其源的理解；有關其文學見解上的種種爭論，或可得到比較客觀平允的評斷；有關其文學創作的內涵，

三　吳文祺〈文學革命的先驅者——王靜庵先生〉，何志韶編《人間詞話研究彙編》，台北，巨浪出版社，民 64 年，頁 355。

四　《遺書》第四冊，〈苕華詞：樊志厚序〉，頁 1478。

亦更能有深入的洞燭也。

本研究主要採「內容分析法」，將以客觀的態度，對相關的各種資料，進行深入的分析與判斷，藉以歸納出有效內容的形成背景及其顯示的特別意義。

××××××

王靜安第一次使用「人間」一詞，是在1899年所作〈紅豆詞〉詩中：「不辭苦向東風祝，到處人間作石尤」。次年，〈書古書中故紙〉出現了「書成付與爐中火，了卻人間是與非」。1903年〈偶成二首〉中有「蟬蛻人間世，兀然入泥洹」之句。1904年〈平生〉中寫下了「人間地獄真無間，死後泥洹枉自豪。」已然可以嗅到悲觀的氣息。至於後來同收在《靜庵詩稿》的〈癸丑三月三日京都蘭亭會詩〉（有「人間上巳何歲無」、「人間從此無真跡」句），〈題御筆牡丹〉（有「天與人間真富貴」句），則已是1913年及1923年屬於晚期之作，應酬味道較濃，「人間」應無特別用意在。

王靜安真正大量並且刻意使用「人間」，是在1906年發表的《人間詞甲稿》六十一首，以及1907年發表的《人間詞乙稿》四十三首，加上之後創作的十一首，總計一百一十五首小詞中，「人間」竟然用了三十八次，另有意義相近的「塵寰」一次，

「人海」一次，「紅塵」二次，「人生」二次（詩稿中用了七次），不難看出王靜安以「人間」名其詞集，絕非無故。而批判國民嗜好之作，取名〈人間嗜好之研究〉，亦非偶然。

填詞的成功，讓王靜安的文學理論更趨成熟，也讓王靜安的自信達到頂點。自成一家的《人間詞話》終於在1910年脫稿問世，也贏得了如此的令名：「無疑的，在黑暗的中國文藝批評界，王國維是一盞引路的燈。」五

《人間詞》的成功，《人間詞話》的成名，讓潛藏王靜安意識中的「人間」種子，得以開花結果。「人間」似乎成了王靜安思想的核心，在情不自禁之中，王靜安有了署名「人間」的舉動：在《寧極齋樂府》跋中署「人間」、在《姑溪詞》識語中署「人間附記」、在《尊前集》跋中署「人間」、在淮南宣氏刻本《梅苑》跋中署「人間識」、在《紫齋笙譜》跋中署「人間記」、在楝亭刻本《梅苑》跋中署「人間詞隱記」。六

言為心聲，行為是潛意識的延伸。「人間」的種子，究竟是如何蘊釀，這應該是瞭

五　吳文祺《近百年來的中國文藝思潮》，台北，台灣崇文書店，民63年，頁177。

六　日人榎一雄在《東洋文庫書報》第八號上發表〈王國維手鈔手校詞曲書二十五種〉，錄出跋署「人間」者六種。資料引自周一平《中西文化交匯與王國維學術成就》，上海，學林出版社，1999，頁156。

解王靜安思想，所要先行探討的課題。

貳、王靜安的「人間」執愛的形成背景

錢鍾書論及李賀詩中好用啼、泣等字，云：「長吉純從天運著眼，深有感於日月逾邁，滄桑改變，而人事之代謝不與焉。所謂世短意長多，人生無百歲，常懷千歲憂者。」[七]其實，長吉不僅好用啼泣等字，亦愛用古、老、死、血、寒、冷、暗、幽、鬼等字，十足表現了充滿幻滅感的心境。而王靜安對「人間」的又愛又執，已到癡迷的地步，其因素絕非單一，筆者擬從幾個層面來加以分析。

一、生理的層面

王靜安在其〈自序〉有云：「體素羸弱，不能銳進。於學進無師友之助，退有生事之累。」又云：「知世尚有所謂新學者，家貧不能以貲供游學，居恆怏怏，亦不能專

七　錢鍾書，《談藝錄》，上海，開明書店，1949，頁70。

力於是矣。」又云：「東文學社成，日以午後三小時往學焉，然館務頗劇，無自習之暇，故半年之進步，不如同學諸子遠甚。夏六月，又以病足歸里。」又云：「留東京四五月而病作，遂以是夏歸。」又云：「體素羸弱，性復憂鬱，人生之問題，日往復於吾前。」又云：「顧此五六年間，亦非能終日治學問，其為生活故而治他人之事，日少則二三時，多則三四時，夫以余境之貧薄，而體之孱弱也，又每日為學時間之寡也。」[八]一篇短短的自序，反復提到家貧、體弱，以及求學路途之困頓坎坷。其因家貧所帶來的「生事之累」，對「無所求於世者」的王靜安，有如陶淵明的「生生所資，未見其術」，不免落得「旅費所帶無多，零用苦於不繼。」[九]「而薪水一切如舊，反加減焉，心恒不樂。」[一〇]至於「病足」，從1918年給朋友的信中提到：「賤恙仍不見鬆，寸步不能行走，大約不能騾癒，甚恨。」[一一]一直到1919年：「維足疾雖不進，亦不見退，服藥四五日尚未見效。」[一二]其間提及病足者超過十次，足疾幾乎伴隨王靜安大半輩子。「身體

八　同註二，頁1782-1786。
九　《王國維全集 書信》，台北，華世出版社，民74年，頁4。
一〇　同上，頁11。
一一　同上。
一二　同上，頁296。

孱弱」，當然「心緒甚為惡劣」，[一三]〈病中即事〉一詩，正道出此中的痛苦：「滴殘春雨住無期，開盡園花臥不知。因病廢書增寂寞，強顏入世苦支離。擬隨桑戶游方外，未免楊朱泣路歧。聞道南山薇蕨美，膏車徑去莫遲疑。」[一四]強顏所入之「人間」如此「苦支離」，莫怪王靜安從早年就想要「了卻人間是與非」[一五]了。

在親情上，王靜安也有很多缺憾。從《王國維年譜》[一六]中，吾人得知，王靜安四歲喪母，十一歲祖父卒，三十歲父親去世，三十一歲繼母與妻子又先後去世，留下三個小孩最大者八歲，最小的才二歲。與妻子結婚十一年間，大多一人在外奔波謀生，與親人聚少離多，真是「門外青驄郊外舟，人生無奈是離愁。」（紅豆詞）離別、相思、孤單與寂寞，讓他孱弱的身軀，又背負了另一層的不幸。

於是，所面對的「人間」，從小在王靜安的意識裡，是缺陷的，是苦痛的，是無情的，是冷酷的，是充滿離別的酸楚與孤獨的淒涼的。

一三　同上，頁407。
一四　《遺書》第四冊，〈靜安詩稿〉，頁1740。
一五　同上，〈書古書中故紙〉詩句，頁1734。
一六　王德毅，《王國維年譜》，台北，中國學術著作獎助委員會，民56年。

二、心理的層面

王靜安因為身體羸弱，生性憂鬱，人生之問題，日往復於其前，始決意從事於哲學。可是他那天才的智慧，卻發現唯心哲學與實證主義自然主義哲學之不可得兼，而為之深感矛盾困惑。三十〈自序〉說：「余疲於哲學有日矣，哲學上之說，大都可愛者不可信，可信者不可愛。余知真理，余又愛其謬誤，知其可信而不能愛，覺其可愛而不能信，此二三年中最大之煩悶。而近日之嗜好所以漸由哲學而移於文學，則欲於其中求直接之慰藉者也。要之，余之性質欲為哲學家，則感情苦多而知力苦寡；欲為詩人，則又苦感情寡而理性多。」[一七]這種感情與理智的並駕齊驅，比起叔本華所說的「富於想像而短於理智」的「藝術天才」，是更勝一籌的，也使得王靜安在各方面的研究，都能有豐碩的成果。可是理智與感情的衝突，卻也加深了天生的抑鬱，讓他長期處於矛盾掙扎之中。

勞榦說：「王國維是具有深切求知心力，而又負有悲天憫人的宗教情操的人，在這種場合之下，就會使精神方面陷於苦悶無法解脫的境地。他從此厭倦哲學，所受的哲

一七 同註二，頁1787。

學影響，卻無法遣開，哲學上的知識，反而成為他心理上的傷痕。」一八可說是切中王靜安的心事。

發而為詩：「試問何鄉堪著我，欲求大道況多歧。人生過處唯存悔，知識增時只增疑。」（六月二十七日宿硤石）發而為詞：「辛苦錢塘江上水，日日西流，日日東趨海。」（蝶戀花）

於是，長期的內心衝突，烙印在其意識中的「人間」，是充滿煩悶，充滿掙扎，令人懷疑，令人困惑的！

三、天才的層面

王靜安原本就是個悲觀中人，因此二十六歲一接觸到尼采所說的「我屈服在他那強力、崇高的天才魔力之下」的叔本華哲學，就不免冥契犀通，「自癸卯之夏以至甲辰之冬，皆與叔本華之書為伴侶之時代也。於其人生哲學，觀其觀察之精銳，與議論之犀利，亦未嘗不心怡神釋也。」一九

一八 勞榦，《中國的社會與文學：說王國維的浣溪沙詞》，台北，文星書店，民57年，頁64。

一九 《遺書》第四冊，〈靜安文集：自序〉，頁1511。

叔本華的人生哲學，影響王靜安最深者，天才的人生觀，苦痛的人生觀也。王靜安〈自序〉：「若夫余之哲學上及文學上之論述，其見識文采亦誠有過人者，此則汪氏中所謂『斯有天致，非由人力。』」又說：「若夫深湛之思，創造之力，苟一日集於余躬，則俟諸天之所為歟！」[二〇]在託名樊志厚的《人間詞》甲乙稿序中說：「卒至此者，天也，非人力之所能為也。」又說：「方之侍衛，豈徒伯仲，此固君所得於天者獨深。」[二一]處處歸功於「天」，處處可見其自詡天才的自負。徐中舒的〈王靜安先生傳〉說：「先生少年於學自待甚高，其靜安文集中稱叔本華天才之說，殆引以自況者歟？」[二二]這個看法是很可信的。

在〈論天才〉一文中，叔本華引亞里斯多德的話說：「在哲學、政治、詩歌或藝術方面超群出眾的人，似乎都是性情憂鬱的。」又引西塞祿下結論的話：「所有的天才都是憂鬱的。」然後作了如下的闡述：「天才所以伴隨憂鬱的原因，就一般來觀察，那是因為智慧之燈愈明亮，愈能看透『生存意志』的原形，那時才了解我們竟是一付

二〇　同註二，頁1786。
二一　《遺書》第四冊，〈苕華詞〉，頁1477。
二二　引自王德毅《王國維年譜》，頁396。

可憐相，而興起悲哀之念。」[二三]

而王靜安本著同樣的資質，也能洞燭天才的悲哀：「嗚乎！天才者，天之所靳而人之不幸也。崇崇之民，飢食渴而飲，老身長子以遂其生活之欲，斯已耳。彼之苦痛，生活之苦痛而已，彼之快樂，生活之快樂而已。過此以往，雖有大疑大患，不足以攖其心。人之永保此崇崇之狀態者，固其人之福祉而天之獨厚者也。若夫天才，彼之所缺陷者與人同，而能獨洞見其缺陷之處，彼與崇崇者俱生而獨疑其所以生。一言以蔽之，彼之生活也與人同，而其以生活為一問題也與人異，彼之生於世界也與人同，而其以世界為一問題也與人異。夫天才之大小，與其知力意志之大小為比例，故苦痛之大小，亦與天才之大小為比例。」[二四]同樣認為，惟有天才，才能洞悉人生的本質，而追隨洞悉人生而來的苦痛，就成為天才的特有報償了。

王靜安曾引用叔氏之言說：「真理之戰勝，必待於後世；而曠世之天才，不容於同時。」[二五]在自己的《人間詞話》裡也發出同樣的感慨：「社會上之習慣，殺許多之善人；

二三　叔本華著．陳曉南譯《叔本華論文集》，台北，志文出版社，民61年，頁124。
二四　《遺書》第四冊，〈靜安文集：叔本華與尼采〉，頁1654。
二五　同上，〈靜安文集：叔本華之哲學及其教育學說〉，頁1561。

文學上之習慣，殺許多之天才。」[二六]

天才之與苦痛，是如影隨形的。「試上高峰窺皓月，偶開天眼覷紅塵，可憐身是眼中人。」（浣溪沙）正是王靜安這位天才的自我寫照。

於是，在王靜安意識深處的「人間」，是充滿永恆的憂苦，以及澈悟的悲哀，是天才搬演無止境的悲劇的舞台。

四、哲學的層面

王靜安認為：「詩歌者，描寫人生者也。」[二七]而人生者，卻是無止境的痛苦。因為「生之意志」的支配，人生必然盲目的陷入痛苦的深淵。王靜安承襲了叔本華的見解：「人們雖為驅散苦惱而不斷的努力著，但苦惱不過只換了一付姿態而已。這種努力不外是為了維持原本缺乏、困窮的生命的一種顧慮。要消除一種痛苦本就十分困難，即使倖獲成功，痛苦也會立刻以數千種其他姿態呈現。這些痛苦若不能化成其他意態而呈現的話，就會穿上厭膩、倦怠的陰鬱灰色外衣，那時為了擺脫掉它，勢需大費周

二六　王國維，《人間詞話》，香港，中華書局，1961，頁28。
二七　《遺書》第四冊，〈靜安文集續編：屈子文學之精神〉，頁1809。

章了。而縱使倦怠得以驅除，痛苦恐怕也將回復原來的姿態再開始躍躍欲動。」[二八]而作了如下的闡述：「生活之本質何？欲而已矣。欲之為性無厭，而其原生於不足，不足之狀態，苦痛是也。既償一欲，則此欲以終，然欲之被償者一，而不償者什佰，一欲既終，他欲隨之，故究竟之慰藉終不可得也。即使吾人之欲悉償，而更無所欲之對象，厭倦之情即起而乘之，於是吾人之生活，若負之而不勝其重。故人生者，如鐘表之擺，實往復於苦痛與倦厭之間者也。夫倦厭固可視為苦痛之一種，有能除去此二者，吾人謂之曰快樂。然當其求快樂也，吾人於固有之苦痛外，又不得不加以努力，而努力亦苦痛之一也。且快樂之後，其感苦痛也彌深。故苦痛而無回復之快樂者有之矣，未有快樂而不先之或繼之以苦痛者也。然則人生之所欲，既無以逾於生活，而生活之本質又不外乎苦痛，故欲與生活與苦痛三者，一而已矣。」[二九]

他有詠〈蠶〉一詩，正為此種苦痛的人生，做了最佳的註解：「余家浙水濱，栽桑徑百里。年年三四月，春蠶盈筐篚。蠕蠕食復息，蠢蠢眠又起。口腹雖累人，操作終自己。絲盡口卒瘏，織就鴛鴦被。一朝毛羽成，委之如敝屣。喘喘索其偶，如馬遭鞭

二八　叔本華著、陳曉南譯，《愛與生的煩惱：人生的空虛與煩惱》，台北，志文出版社，民87年，頁103。

二九　《遺書》第四冊，〈靜安文集：紅樓夢評論〉，頁1594。

箠。呴濡視遺卵，怡然即泥滓。明年二三月，螽螽長孫子。茫茫千萬載，輾轉周復始。嗟汝竟何為，草草閱生死。豈伊悅此生，抑由天所畀。畀者固不仁，悅者長已矣。勸君歌少息，人生亦如此。」[三〇]

生活之欲所支配的人生，正如叔本華所引路克雷特之詩所云：「我們是需求生命而喘息掙扎，永遠成為希望的俘虜。」[三一]

於是，人生所寄託的「人間」，在王靜安的深層意識裡，是徹底的幻滅，是徹底的苦痛，是無復任何希望的。是如叔本華所說的：「痛苦是不可避免的，舊的痛苦剛去，新的痛苦便來，陸續遞嬗不已。」[三二]

五、學術的層面

王靜安自云：「余畢生惟與書冊為伴，故最愛而最難捨去者，亦惟此耳。」[三三]又說：

三〇 同上，〈靜安詩稿〉，頁 1741。
三一 同註二八，頁 108。
三二 同上，頁 104。
三三 引自《王國維年譜》，頁 3。

「十年以前，士大夫尚有閉戶著書者，今雖不敢謂其絕無，然亦如鳳毛麟角矣。」[三四]舉世營營之中，獨見一介書生本色，鄙肉食於政治，輕功利如敝屣。以學術為純粹興味，優游涵泳乎其中，終其一生，未嘗或改其志。其視當代之胥沉溺於實用觀念及功利主義者，真不可同日而語也。

王氏曾對當時之思想界作如此之批判：「顧嚴氏（按、嚴復）其興味之所存，非哲學的而寧為科學的也。附和此說者，於自然主義之根本思想，固瞢然無知，聊借其枝葉之語，以圖遂其政治上之目的耳。康氏（按、康有為）之於學術，非其固有之興味，不過以之為政治上之手段，荀子所謂今之學者以為禽犢者也。譚氏（按、譚嗣同）之說，其興味不在此等幼稚之形而上學，而在其政治上之意見。庚辛以還，各種雜誌接踵而起，此等雜誌本不知學問為何物，而但有政治上之目的。同治及光緒初年之留學歐美者，以純粹科學專其家者，獨無所聞，其有哲學興味如嚴復氏者，亦只以餘力及之，其能接歐人深邃偉大之思想，吾決其必無也。」[三五]又云：「今之學者，其治藝者多而治學者少，故其學苟可以得利祿，苟略可以致用，則遂囂然自足。」[三六]

三四　《遺書》第四冊，〈靜安文集續編：教育小言十則〉，頁1859。

三五　《遺書》第四冊，〈靜安文集：論近年之學術界〉，頁1698。

三六　同註三四。

王靜安的至交羅振玉之孫談及王羅二人之通信，有言：「王先生逝世後，他給我祖父的書信，盈笥溢櫝。先生書信的內容，以論學部份為最多，用王先生自己的話說，就是『兩人書中雖有他事，而言學問者約居其半，中國恐無第二人。』這幾句話並不誇大，所談的大都是王先生自己治學的心得。」[三七]

踽踽獨行，曾無知音，這樣一個終生以學問為純粹興味的人，卻是萬分寂寞的，是備受冷落的，甚且是飽受打擊的。雖然已有「有天才者，往往不勝孤寂之感。余岑寂而無友兮，羌獨處乎帝之庭，冠玉冕之崔巍兮，夫固跼蹐而不能勝」[三八]的心理準備，然長期的世濁我清，人醉我醒，「掩卷平生有百端，飽經憂患轉冥頑。」（浣溪沙）詞中透露的，已是萬般無奈，心灰意冷矣！

於是，薰習於王靜安意識之中的「人間」，是功利的，是媚俗的，是孤寂的，是寡歡的，是令人灰心絕望的！

三七　同註九，頁474。

三八　同註二十四。

六、社會的層面

王靜安所面對的社會，是病態的：「吾國下等社會之嗜好，集中於利之一字，上中社會之嗜好，亦集中於此，而以官為利之代表，故又集中於官之一字。」[三九]又云：「今之人士，其表面之嗜好，集中於官之一途，而其裡面之意義，則今日道德、學問、實業等，皆無價值之證據也。夫至道德學問實業等，皆無價值，而惟官有價值，則國勢之危險何如矣！」[四〇]王靜安所面對的社會，是墮落的：「古人之疾飲酒田獵，今人之疾雅片賭博；西人之疾在酒，中人之疾雅片。前者陽疾，後者陰疾也。前者少壯的疾病，後者老耄的疾病；前者強國的疾病，後者亡國的疾病；前者欲望的疾病，後者空虛的疾病也。」[四一]又說：「夫蚩蚩之氓，除飲食男女外，非雅片賭博之歸，而奚歸乎？」[四二]而所以嗜鴉片，王靜安亦有深刻的分析：「自國家之方面言之，必其政治之不修也，教育之不溥及也；自國民之方面言之，必其苦痛及空虛之感，深於他國民，而除雅片

三九　《遺書》第四冊，〈靜安文集續編：教育小言十三則〉，頁1855。

四〇　同上，頁1859。

四一　《遺書》第四冊，〈靜安文集續編：去毒篇〉，頁1832。

四二　《遺書》第四冊，〈靜安文集續編：教育偶感四則〉，頁1725。

外，別無所以慰藉之術也。」[四三]

而可以改造國民的教育環境，又是如何呢？王靜安是深感痛心的。他說：「若夫小人，則以教育為一手段，而不以為目的，以中國之大，當事及學者之眾，教育之事之亟，而無一人深究教育學理，及教育行政者，是可異矣。」[四四]又說：「今日教育行政上之官……但以教育為名，則吾不知如欲養成國民之資格，增進國民之知識，以與列國角逐，則天下之學校不在當閉者蓋寡，而關係教育人員之不在當淘汰之列者，蓋無幾矣。」[四五]不注重教育，衍生的後遺症，更令王靜安憂心：「我國人廢學之病，實原於意志之薄弱；而意志薄弱的結果。於廢學外，又生三種之疾病，曰運動狂，曰嗜欲狂，曰自殺狂。」[四六]這樣的教育環境，讓非專研教育的王靜安，先後寫了十四篇相關論述，翻譯了八種相關論文[四七]，他說：「以余之不知教育，且不好之也，乃不得不作教育上

四三 同註四一。

四四 《遺書》第四冊，〈靜安文集續編：教育小言十二則〉，頁1845。

四五 同註三四，頁1848。

四六 同上，頁1861。

四七 論著有〈崇正講舍碑記略〉（1901）、〈論教育之宗旨〉（1903）、〈孔子之美育主義〉（1904）、〈叔本華之哲學及教育學說〉（1904）、〈教育偶感四則〉（1904）、〈論平凡之教育主義〉（1905）、〈教育小言十二則〉（1906）、〈奏定經學科大學文學科大學章程書後〉（1906）、〈教育普及之根本辦法〉

之論文，及教育上之批評，其可悲為如何哉！」[四八]可悲為如何，字裡行間，已透露無遺矣。

而可以改造國民習性的政治環境，又是如何？吾人讀晚清歷史，早已了然於胸。王靜安一介書生，雖「於學不沾沾於章句，尤不屑於時文繩墨，故癸巳大比，雖相偕入闈，不終場而歸，以是知君之無意科名也。」[四九]然目睹國勢陵替，民生凋敝，豈能無所動容？1918年，靜安給朋友的信中，處處有如此的憂慮：「膠事了後，英俄起而爭借款之事，總之如圈牢羊豕，任其隨時宰割而已。」「膠事已結，俄法踵起要脅，未識能無事否也。」「瓜分之局，已見榜樣，如何如何！」「外患日逼，民生日困，雖有智者，亦無以善其後。」「士人論時事蔽罪亡人不遺其力，實堪氣殺。危亡在旦夕，尚不知病。」[五〇]然後又發出如此的浩歎：「今日欲破壞治安釀造大亂者，乃在薰心利慾之人，

(1906)、〈教育小言十則〉(1906)、〈紀言〉(1906)、〈教育小言十三則〉(1907)、〈論小學校唱歌科之材料〉(1907)、〈教育小言十則〉(1907)。譯作有〈教育學〉(1901)、〈教育學教科書〉(1902)、〈算術條目及教授法〉(1902)、〈歐洲大學小史〉(1907)、〈論幼稚園之原理〉(1909)、〈法國之小學校制度〉(1909)、〈教育心理學〉(1910)、〈法蘭西之教育〉(1911)。

四八　同註四四，頁1847。

四九　引自《王國維年譜》，頁8。

五〇　同註九，頁2、3、5、8、17。

而我輩無所求於世者乃居其反對之地位，此事萬不可解。」[五一] 1924年，遜帝溥儀出宮，靜安竟然「日在憂患中，常欲自殺，為家人監視得免。」[五二] 彼與日友狩野直喜信中亦言：「皇室奇變，一月以來，日在驚濤駭浪間。」[五三] 靜安非政治中人，卻以思想上之自我壓迫，而飽受政治之干擾，終致萬念俱灰，而選擇了無法真正解脫的解脫。

於是，長期縈繞靜安周遭而定形於其意識裡的「人間」影像，是晦暗的，是腐蝕的，是卑劣的，是墮落的，是充滿壓迫，充滿憂懼，無望無助到讓人想棄絕而去的。

生在這樣的環境，處於這樣的背景，真有詩經王風〈兔爰〉篇我生不藕的悲哀：「我生之初尚無為，我生之後，逢此百罹，尚寐無覺！」也難怪靜安要慨歎：「屠蘇後飲吾何憾，追往傷來自寡歡。」（壬子歲除即事）也難怪靜安要太息：「終古詩人太無賴，苦求樂土向塵寰！」（雜感）

五一　同上，頁20。

五二　同註49，頁291。

五三　同上，頁292。

參、王靜安「人間」執愛的現行

現行者，佛教用語也，謂阿賴耶識有生一切法之功能，即種子也，自此種子生色心之法，現苦樂境界，謂之現行。

蓋蘊於其中者，必將宣之於其外。王靜安認為：「詩歌者，描寫人生者也。」而如上所述，王靜安所經驗的人生，是不幸的，是苦痛的，是徹頭徹尾的悲劇。因此，王靜安認同了叔本華的看法：「悲劇的真正意義，是更深一層的領悟英雄們所贖的不是他們自己的罪惡，而是原始的罪惡，即生存本身的罪惡。」[五四]而特別推崇「徹頭徹尾悲劇」的紅樓夢，他說：「生活之欲之罪過，即以生活之苦痛罰之，此即宇宙之永遠的正義也。自犯罪自加罰，自懺悔自解脫。美術之務，在描寫人生之苦痛，與其解脫之道。」[五五]雖然自懺悔自解脫，能否提供所謂「解脫之道」尚是一大疑問，然描寫人生之苦痛，敷陳苦痛之人生，「以示人生之真相，又示解脫之不可已」[五六]，已是文學美術之主要任務，捨此，皆靜安所斥之「文繡的文學」、「餔餟的文學」，皆「不屑使此等

五四　叔本華著、劉大悲譯，《意志與表象的世界》，台北，志文出版社，民67年，頁221。
五五　同註二九，頁1608。
五六　同上，頁1617。

文學囂然污吾耳也。」[五七]也因為只有真正的文學家，才能達此任務，難怪王靜安要大聲宣示：「生百政治家，不如生一大文學家。」[五八]

「洞觀宇宙人生之本質，始知生活與苦痛之不能相離。」[五九]現實的「人生」，在王靜安筆下，是：

門外青驄郭外舟，『人生』無奈是離愁（紅豆詞）

『人生』苦局促，俛仰多悲悸。（遊通州湖心亭）

『人生』過處唯存悔，知識增時只益疑。（六月二十七日宿硤石）

『人生』免襁褓，役物固有餘。（偶成二首）

『人生』一大夢，未審覺何時。（來日二首）

畀者固不仁，悅者長已矣。勸君歌少息，『人生』亦如此。（蠶）

五七 《遺書》第四冊，〈靜安文集續編：文學小言〉，頁 1808。

五八 《遺書》第四冊，〈靜安文集：教育偶感四則〉，頁 1724。

五九 同註二九，頁 1607。

『人生』兵死亦由命，可憐杜口心煩傷。（送日本狩野博士游歐洲）

絕代紅顏委朝露，算是『人生』贏得處；千秋詩料，一抔黃土，十里寒蛩語。（青玉案）

『人生』只似風前絮，歡也零星，悲也零星。（採桑子）

而「人間」者，「人生」之舞台也，是搬演徹頭徹尾的人生悲劇之舞台也。是「描寫人生之苦痛」，「示人生真相」之劇本所搬演之舞台也。在王靜安的筆下之「人間」，於其悲苦若不勝負荷，實因其心中所蘊釀之人生劇本，除了悲劇，還是悲劇：

『人間』何苦又悲秋，正是傷春罷，卻向春風亭畔，數梧桐葉下。（好事近）

愁展翠羅衾，半是餘溫半淚；不辨墜歡新恨，是『人間』滋味。（好事近）

似訴盡『人間』紛濁，七尺微軀百年裡，那能消古今閒哀樂。（賀新郎）

潮落潮生，幾換『人間』世；千古荒台麋鹿死，靈胥抱憾終何是。（蝶戀花）

到得蓬萊，又值蓬萊淺；祇恐飛塵滄海滿，『人間』精衛知何限。（蝶戀花）

『人間』孤憤最難平，消得幾回潮落又潮生。（虞美人）

坐覺清秋歸蕩蕩，眼看白日去昭昭，『人間』爭度漸長宵。（浣溪沙）

金城路，多少『人間』行役。（摸魚兒）

思量只有『人間』，年年征路，縱有恨都無啼處。（祝英台近）

蠟淚窗前堆一寸，『人間』只有相思分。（蝶戀花）

自是浮生無可說，『人間』第一耽離別。（蝶戀花）

手把齊紈相訣絕，懶祝東風，再使『人間』熱。（蝶戀花）

不辭苦向東風祝，到處『人間』作石尤。（紅豆詞）

書成付與爐中火，了卻『人間』是與非。（書古書中故紙）

『人間』地獄真無間，死後泥洹枉自毫。（平生）

待把相思燈下訴，一縷新歡，舊恨千千縷；最是『人間』留不住，朱顏辭鏡花辭樹。

（蝶戀花）

只餘眉樣在『人間』，相逢艱復艱。（阮郎歸）

一霎幽歡，不似『人間』世。（蘇幕遮）

『人間』哀樂，者般零碎。（水龍吟）

『人間』事事不堪憑，但除卻無憑兩字。（鵲橋仙）

依舊『人間』，一夢鈞天只惘然。（減字木蘭花）

『人間』總是堪疑處，惟有茲疑不可疑。（鷓鴣天）

今雨相看非舊雨，故鄉罕樂況他鄉，『人間』何地著疏狂。（浣溪沙）

開盡隔牆桃與杏，『人間』望眼何由騁。（蝶戀花）

閉置小窗還自誤，『人間』夜色還如許。（蝶戀花）

倒涵高樹作金光，『人間』夜色尚蒼蒼。（浣溪沙）

西窗落月蕩花枝，又是『人間』酒醒夢回時。（虞美人）

小立西風吹素幘，『人間』幾度生華髮。（蝶戀花）

一霎新歡千萬種，『人間』今夜渾如夢。（蝶戀花）

不緣此夜金閨夢，那信『人間』尚少年。（鷓鴣天）

幾度燭花開又落，『人間』須信思量錯。（蝶戀花）

昨夜西窗殘夢裡，一霎新歡，不似『人間』世。（蘇幕遮）

自是思量渠不與，『人間』總被思量誤。（蝶戀花）

總為自家生意遂，『人間』愛道為渠媚。（蝶戀花）

蟬蛻『人間』世，兀然入泥洹，此語聞自昔，踐之良獨難。（偶成二首）

一朝繭紙閟幽宅，『人間』從此無真跡。（癸丑三月三日京都蘭亭會詩）

由上觀之，王靜安潛意識裡「人間」執愛的現行，是永恆的憂苦，是無據的困惑，是天才的悲哀，是厭世的決絕！

王靜安另有「人間」「眩惑原質」的展示：

天公倍放月嬋娟，『人間』解與春冶遊。（踏莎行）

眾裡嫣然通一顧，『人間』顏色如塵土。（蝶戀花）

更緣人面發花光，『人間』何處有嚴霜。（浣溪沙）

此景『人間』殊不負，簷前凍雀還知否。（蝶誌花）

誰家紅袖不相憐，『人間』那信有華顛。（浣溪沙）

所謂「眩惑原質」者，「使吾人自純粹之知識，復歸於生活之欲。如粔蜜餌，招魂啟發之所陳；玉體橫陳，周昉仇英之所繪；西廂記之酬柬，牡丹亭之驚夢，雖則夢幻泡影，可作如是觀。吾人欲以眩惑之快樂醫人世之苦痛，是猶欲航斷港而至海，入幽谷而求明，豈徒無益，而又增之。則豈不以其不能使人忘生活之欲，及此欲與物之關係，而反鼓舞之也哉?」[六〇]蓋人生既「如鐘表之擺，實往復於痛苦與倦厭之間」，則苦中作樂，恰如叔本華所說的：「好像投給一個乞丐的銅元，給他今天過活，好叫他的痛苦延長到明天。」[六一]因此王靜安又說：「快樂之後，其感苦痛也彌深。」[六二]此等『人間』的另面展現，應亦在「示人生之真相」亦即苦中作樂之悲哀而已歟。

肆、結論

王靜安所經所歷，所感所觸的人間，是叔本華所謂「生之意志」所支配的生生死死的人間，是情枷欲鎖的人間，是苦迫熱惱的人間，是百無聊賴的人間，是爭執紛擾的人間。[六三]一言以蔽之，是徹頭徹尾的苦痛的人間。王靜安「苦求樂土向塵寰」，不論治文學，治哲學，治金石，治史地，都不能讓他「遠於現實之人生，而可暫忘生活之

六〇 同上，頁1600。
六一 引自楊蔭鴻譯，《西洋哲學史話》，台北，河洛出版社，民68年，頁297。
六二 同註二九，頁1595。
六三 陳德和，《悲觀與悲憫——叔本華解脫哲學述評》，鵝湖月刊16卷4期，民79年10月，頁40。

欲。」不但解脫之道不可得，反而招來更多的矛盾與困惑。從王靜安數次以「人間」自署，更可證王靜安已與「人間」畫上等號，已全然成為苦痛的化身。

苦痛的身心，苦痛的人間，發而為詩歌，自然不能離苦痛二字。因此，可以確定，王靜安的詩歌創作，絕對是在「描寫人生的苦痛」，亦即自身與世間苦痛之發洩。至於有無指出「解脫之道」，試看「人間地獄真無間，死後泥洹枉自豪。終古眾生無度日，世尊只合老塵囂。」（平生）之句，消息已透露無遺矣。欲解讀王靜安的詩與詞，只有本此觀點，始能直探其內心深處而共鳴於其苦痛的掙扎。

苦痛的身心，苦痛的人間，發而為詞論，自然亦不離苦痛二字，因此，欲探討王靜安的《人間詞話》，亦唯有從「苦痛的描寫與解脫」的角度切入，庶可得其梗概。試舉王靜安最推崇的南唐後主：「詞至李後主而眼界始大，感慨遂深。」[六四] 而其所以眼界大感慨深者：「尼采謂：『一切文學，余愛以血書者。』後主之詞，真所謂以血書者也。後主則儼有釋迦基督擔荷人類罪惡之意。」[六五] 後主所血書者何?正是「胭脂淚，相留醉，幾時重，自是人生長恨水長東」（烏夜啼）的人間，正是「獨自莫憑欄，無

六四　同註二六，頁7。

六五　同上，頁8。

限江山，別時容易見時難。流水落花春去也，天上人間！」（浪淘沙令）的人間。

再舉南唐而後，靜安最贊譽的納蘭成德：「納蘭容若以自然之眼觀物，以自然之舌言情，故能真切如此。北宋以來，一人而已。」[六六]納蘭所觀所言者何？閱其《飲水詞》，「人間何處問多情」、「我是人間惆悵客」、「天上人間一樣愁」、「人間別離無數」、「料也覺人間無味」、「人間所事堪惆悵」、「不道人間猶有未招魂」、「人間空唱雨淋鈴」，處處出現王靜安的「人間」的影子，只因「身居侍從，長隔閨闈，別離情思，增其伊鬱。加以少年喪偶，萬緒悲涼，醞釀愈久，而其心愈苦，其情愈真。」[六七]豈傷心人真有相同的懷抱乎！

至於王靜安自沈之謎，眾說紛紜，卻都有據有理。而真相往往是最簡單的，正如金承藝所說：「其實，靜安先生之死，並不是什麼複雜的事，就如當年《國學月報》所出『王國維先生專號』上柏生說的『先生之死，自有宿因；而世亂日迫，實有以促其自殺之念。』」苦痛的身心，苦痛的人間，再加上政治上無可抗拒的壓力，不能不為之心力交瘁，心灰意冷。王靜安反對自殺，認為：「解脫之道，存於出世，而不存於

六六 同上，頁27。
六七 李勗，《飲水詞箋》自序，台北，正中書局，民62。

自殺。」[六八]卻又說：「苟有生活之欲存乎，則雖出世而無與於解脫；苟無此欲，則自殺亦未始非解脫之一者也。」[六九]似已為自己的自殺預留伏筆。蓋身心已到無法負荷任何苦痛時，生活之欲隨之遭到否定而滅絕，由厭世而來的自絕於人間之世已不可免。王靜安有詞云：「若是春歸歸合早，餘春只攬人懷抱。」（蝶戀花）其實早已透露不願苟延殘喘的氣息了。

六八　同註二九，頁1605。
六九　同上，頁1606。

“Jen-Chien” In Kuo-Wei Wang’s Literary Works

Abstract

Jing-An Wang names his "Jen Chien Chi hua" and "Jen Chien Chi" with "Jen Chien". There must be his special purposes. Especially there are 38 Jen Chiens in "Jen Chien Chi". In some odd prefaces and postscripts, Jen Chien has been signed by Jing-An Wang. Obviously, Jen Chien complex is deep in Jing-An Wang's mind.

Jing-An Wang thinks the poems describe life. And the task of art is describing the agony in life and the way to get free. "Jen Chien" is exactly the place for finding the shelter in life. No wonder the poems of Jing-An Wang show his pity on human world and the sigh for grief everywhere.

This research is conducted from physiological, psychological, social, talented, academic and philosophical angles to probe into Wang's Jen Chien complex. Revealing this complex not merely contributes to the understanding of his literature theory but also the meaning of his poems. Jing-An Wang objected to committing suicide , but he finished his life by killing himself at 50 years old. Hopefully the mystery of committing suicide can be untied through the revelation by reading.

Keywords: Jen-Chien, Jen-Chien Chi, Jen-Chien Chi-Hua, Jing-An Wang, Kuo-Wei Wang.

之二：王靜安在其詞作中展現的悲劇性格

（國立高雄海院學報第十四期．一九九九年）

提要

不管從「文如其人」或「文本諸人」的觀點來看，王靜安先生確已在其詞中相當真實的表露了自己。本文嚐試從天才伴隨憂鬱之悲哀、感情與理智之衝突矛盾，以及九死其猶未悔的執著等角度，來探討王氏在「描寫人生之苦痛」的作品中所展現的悲劇性格。此不僅有助於了解其自沈之根由，亦能理解王氏「藝術只屬於真正天才」之自負也。

王靜安在其「文學小言」一文中，特別稱許：「三代以下之詩人，無過於屈子、淵明、子美、子瞻者。」認為「屈子感自己之感，言自己之言者也」，「宋以後之能感自己之感，言自己之言者，其唯東坡乎！」[一]「畢竟言為心聲，不管是從「文如其人」或「文本諸人」的觀點來評賞作品，總能對其人了解十之六七。人間詞話說：「能寫真景物真感情者，謂之有境界。」王靜安既然標榜一個「真」字來「對其自己之感情，及所觀察之事物，而摹寫之，詠嘆之」，那麼他所寫的「意深於歐而境次於秦，至其合作……皆意境兩忘，物我一體。」[二]的詞作，必然是他的性情的真切展現了。

本文將從三方面來分析探討其悲劇性格。

壹、天才伴隨憂鬱之悲哀

王靜安一生悒鬱而善感，悲苦而寡歡，固然是深深受到叔本華學說的影響，但是他自身原本就是個悲觀中人，叔本華的悲觀哲學，不過是更加推壯波瀾而已。

一 《海寧王靜安先生遺書》第四冊，〈靜安文集續編：文學小言〉（台灣商務印書館 1976 年 2 月），頁 1803-1805。

二 《遺書》第四冊，〈樊志厚：苕華詞序〉，頁 1480。

「體素羸弱，性復憂鬱，人生之問題，日往復於吾前。」[三]，因為有這樣的天性，所以才一接觸到尼采所說的「我屈服在他那強力崇高的天才魔力之下」的叔本華哲學，就不免要冥契犀通而為之醉心不已了。繆鉞說：「王靜安對於西洋哲學，並無深刻而有系統之研究，其喜叔本華之說而受其影響，乃自然之巧合。申言之，王靜安之才性，與叔本華蓋多相近之點。在未讀叔本華書之前，其所思所感，或已有冥符者，惟未能如叔氏所言精邃詳密，及讀叔氏書，必喜其先獲我心。」[四]

這種說法，頗可解釋為什麼王靜安在二十三歲那年，初見日籍教師田岡佐代治文集中有引康德及叔本華的哲學，雖「文半睽隔」而「心甚喜之」的原故了。（按、田岡也是一個悲觀中人，他在自傳中曾說：「予早年有厭世思想的暗影，對康德叔本華的哲學深為醉心。」[五]）而且影響他從二十六歲起讀叔本華之書而大好之，「於其人生哲學，觀其觀察之精銳，與議論之犀利，亦未嘗不心怡神釋也。」[六]

三　《遺書》第四冊，〈靜安文集續編：自序〉，頁 1785。
四　繆鉞，《詩詞散論：王靜安與叔本華》，（台灣開明書店 1966 年 2 月），頁 68。
五　參引王德毅著，《王國維年譜》，頁 14，（中華學術著作獎助委員會 1967 年 6 月）。
六　同註三，頁 1784。

叔本華的哲學，簡單來說，就是天才的人生觀，苦痛的人生觀。

在「論天才」中，叔本華引亞里斯多德的話說：「在哲學、政治、詩歌或藝術方面超群出眾的人，似乎都是性情憂鬱的。」又引西塞祿（cicero）之言：「所有的天才都是憂鬱的。」然後再作了如下的闡述：「天才所以伴隨憂鬱的原因，就一般來觀察，那是因為智慧之燈愈明亮，愈能看透『生存意志』的原形，那時才了解我們竟是一付可憐相，而興起悲哀之念。」七

而王靜安本著同樣的資質，也能洞悉天才的悲哀。他說：「嗚乎！天才者，天之所靳而人之不幸也。蚩蚩之民，飢而食，渴而飲，老身長子以遂其生活之欲，斯已耳。彼之苦痛，生活之苦痛而已，彼之快樂，生活之快樂而已。過此以往，雖有大疑大患，不足以攖其心。人之永保此蚩蚩之狀態者，固其人之福祉而天之所獨厚者也。若天才者，彼之所缺陷者與人同，而獨能洞見其缺陷之處；彼與蚩蚩者俱生而獨疑其所以生。一言以蔽之，彼之生活也與人同，而其以生活為一問題也與人異；彼之生於世界也與人同，而其以世界為一問題也與人異。……夫天才之大小，與知力意志之大小為比例，

七　見陳曉南譯，《叔本華論文集：論天才》，（志文出版社 1972 年 10 月），頁 124。

故苦痛之大小，亦與天才之大小為比例。」[八]同樣認為，惟有天才，才能洞悉人生的本質，而追隨洞悉人生而來的苦痛，也就成為天才的特有報償了。

天才之與苦痛，竟然是如影隨形的！

他有一首詠「蠶」詩：

余之浙水濱，栽桑徑百里。年年三四月，春蠶盈筐篚。
蠕蠕食復息，蠢蠢眠又起。口腹雖累人，操作終自己。
絲盡口卒瘏，織就鴛鴦被。一朝毛羽成，委之如敝屣。
耑耑索其偶，如馬遭鞭箠。呴濡視遺卵，怡然即泥滓。
明年二三月，蟲蟲長孫子。茫茫千萬載，輾轉周復始。
嗟汝竟何為，草草閱生死。豈伊悅此生，抑由天所畀。

八　《遺書》第四冊，〈靜安文集：叔本華與尼采〉，頁1654。

畀者固不仁，悅者長已矣。勸君歌少息，人生亦如此。九

天才所以苦痛，原來是由於「畀者不仁」，無可逃避，而世人懵懵懂懂，受生活之欲所支配，到死不悟，在王氏的眼中，竟是「其人之福祉而天之所獨厚者也」，天才之不幸，可以見到一斑了。

王靜安以其慧眼，洞觀人生之苦痛，以及自身之不幸，發之為詞，遂吐露了無比的悲劇氣息。

壹之一　永恆憂苦的展現

如「浣溪沙」一首：

天末同雲黯四垂，失行孤雁逆風飛，江湖寥落爾安歸？　陌上金丸看落羽，閨中素手試調醯，今朝歡宴勝平時。

以強烈對比的筆法，描寫一苦一樂。苦的是生命的掙扎：天地愁慘，江湖險惡，眼看日暮風起，隻影飄零究將何歸？比起「江闊雲低，斷雁叫西風」，可說是淒厲有加了。

九　本文所引詩作均見《遺書》第四冊，〈靜安詩稿〉，頁1731-1746。

生活之欲所支配的人生，正如叔本華所引路克雷特的詩：「我們是需求生命而喘息掙扎，永遠成為希望的俘虜。」[一〇]

而所寫之樂，並不是經常之樂，乃是由「落羽」之苦痛所反襯出來的。象徵必先付出痛苦的代價，而且這種快樂，僅存於「今宵歡宴」中，那麼所「勝」的「平時」如何呢？「今朝」以後又如何呢？試體會王氏「未有快樂而不先之或繼之以苦痛者也」[一一]之語，就可憬然有悟了。

不過這種領悟，仍非天才不能辦。碌碌世人，常愛陶醉在「今宵歡宴」之中，那能自覺痛苦之時刻周旋於其身側呢！

又如「好事近」一首：

夜起倚危樓，樓角玉繩低亞。惟有月明霜冷，浸萬家鴛瓦。　人間何苦又悲秋，正是傷春罷，卻向春風亭畔，數梧桐葉下。

深夜岑寂，懷愁不寐，起視萬家鴛瓦，沈浸在一片淒冷之中，而這一份淒冷，又何

一〇　陳曉南譯，《愛與生的煩惱：人生的空虛與煩惱》，（志文出版社 1998 年 4 月），頁 108。

一一　《遺書》第四冊，〈靜安文集：紅樓夢評論〉，頁 1595。

嘗不是從我心生成的呢？此時，傷春的意緒尚未完全遣去，悲秋的傷感又襲湧而來了。想到看春花飄零，也在春風亭畔，數梧桐葉落，也在春風亭畔，從靜止的空間中，感受到流行不息的時間的悲劇，傷春悲秋的循環，人生無復求得真正的歡愉了。

叔本華說：「痛苦是不可避免的，舊的痛苦剛去，新的痛苦便來，陸續遞嬗不已。」[一二]正可作為這首詞的註腳。

又如「蝶戀花」一首：

昨夜夢中多少恨，細馬香車，兩兩行相近。對面似憐人瘦損，眾中不惜搴帷問。陌上輕雷聽隱轔，夢裡難從，覺後那堪訊。蠟淚窗前堆一寸，人間只有相思分。

情之所鍾，偏在我輩，遂也成為痛苦的根源。

人在清醒的時候，固不免情愁的牽纏，因此總希冀於夢魂之中，暫時得到些許歡愉慰藉。「眾中不惜搴帷問」的「不惜」二字，實道出這種欲望的強烈。可是一晌貪歡之後，沒有不倍感惆悵悲哀的。王氏在「紅樓夢評論」中曾說：「快樂之後，其感苦

一二　同注十，頁104。

痛也彌深。」[一三]叔本華也說：「一個人最幸福的時刻，就是當他酣睡時；而不幸的人最不幸的時刻，就是在他覺醒的瞬間。」[一四]畢竟夢中的快樂，本屬虛幻，一到清醒之際，迅即轉成惆悵了。

「夢裡難從，覺後那堪訊」，則無論是醒時，是夢裡，實在都展轉於欲望與絕望之間。而人生真正的收穫，只是永恆的憂苦而已。

壹之二　無奈心境的展現

如「臨江仙」一首：

聞說金微郎戍處，昨宵夢向金微，不知今又過遼西。千屯沙上暗，萬騎月中嘶。郎似梅花儂似葉，朅來手撫空枝，可憐開謝不同時。漫言花落早，只是葉生遲。

離別恆是常人憂苦的起因，而此詞透過詩人之眼，從離別中洞見人事因緣的差錯，尤其是痛苦的根源。

一三　同註一一。
一四　同註十，頁126。

昨夜才夢見金微，想不到今日即移向遼西。夢中諧歡已嘆不易，而因緣差錯造成的悵恨，更無時不瀰漫於現實的人生之中。

莫道花落要早，惟嘆葉生太遲，實則悲嘆又有何益。或早或遲，原是與生俱來，無可選擇。王氏既傾向定業說[一五]，詞中的「可憐」二字，尤能充分傳達由定業論所引發的無可奈何的悲劇意味。

又如「蝶戀花」一首：

閱盡天涯離別苦，不道歸來，零落花如許。花底相見無一語，綠窗春與天俱暮。待把相思燈下訴，一縷新歡，舊恨千千縷。最是人間留不住，朱顏辭鏡花辭樹。

「不道歸來」，已表出了因緣差錯所產生的悔恨。青春好作伴，竟不得不浪跡天涯，這是一個差錯；倦遊歸來，才欲重拾舊歡，陡地驚覺青絲已成雪，這又是一個差錯。杜牧詩：「自是尋春去較遲，不須惆悵怨芳時。」正有類似的無奈的心情。

一五 《遺書》第四冊，〈靜安文集續編：原命〉：「一切行為必有外界及內界之原因。原因不存於現在，必存於過去；不存於意識，必存於無意識。而此種原因又必有其原因，而吾人對此等原因，但為其所決定，而不能加以選擇。」，頁1754。

畢竟人生歡少恨多，「一縷新歡，舊恨千千縷」，歡樂何其短促，而愁恨竟如影隨身，如何驅之使去啊！萬種相思，欲訴無由，秉燭相對，恍如夢寐。重逢的欣喜，早在春暮花零之中，化作淒然無語，而歷盡天涯離別的苦痛，此時不免又歷歷襲上心頭了。

漂泊一世，所換得的，竟是青春老去的悲哀。

一切都是無可奈何的！

壹之三　空虛孤寂的展現

如「青玉案」一首：

江南秋色垂垂暮，算幽事渾無數，日日滄浪亭畔路，西風林下，夕陽水際，獨自尋詩去。　可憐愁與閒俱赴，待把塵勞截愁住，燈影幢幢天欲曙。閒中心事，忙中情味，並入西樓雨。

悲秋之情，人皆有之，只是詩人心思靈敏，感受尤深。況秋光已是垂垂云暮，內中幽事，陡然倍增。知我者謂我心憂，不知我者謂我何求。日日踽踽而獨行，尋詩於亭畔，於林下，於水際，無非是要求得些許慰藉。

鄭騫先生說：「千古詩人都是寂寞的，若不是寂寞，他們就寫不出詩來。」[一六]正說中了「獨自尋詩去」的心事。

可是既已云「日日」，就已知慰藉是難以求得的。因為「愁」緣「閒」生，斷斷續續，剪不斷，理還亂。如王氏「荷葉杯」詞所說：「誰道閒愁如海，零碎，雨過一池漚，時時飛絮上簾鉤。」於是不得不想藉「塵勞」來將「愁」截住。而王氏在「塵勞」一詩中已說：「不堪宵夢續塵勞。」因此塵勞之取代閒愁，不過是痛苦的形式不同而已。

塵勞，是一種「積極的苦痛」，閒愁，則是一種「空虛的苦痛」[一七]。那麼不論是在「忙中」或「閒中」，空虛孤寂之感，仍時時梗塞胸中，不能獲釋。看他燈影幢幢之下，徹夜不眠，一任西樓秋雨，點滴到天明，就可了然曉知了。

又如「卜算子」一首：

一六　鄭騫，《從詩到曲：詩人的寂寞》，（順先出版公司 1976 年 10 月），頁 8。

一七　《遺書》第四冊，〈靜安文集續編：人間嗜好之研究〉：「心得其活動之地，則感一種之快樂，反是則感一種之苦痛。此種苦痛，非積極的苦痛，而消極的苦痛也。易言以明之，即空虛之苦痛也。」「工作之為一種積極的苦痛，吾人之所經驗也。」，頁 1755。

羅襪悄無塵，金屋渾難貯。月底溪邊一晌看，便恐凌波去。　獨自惜幽芳，不敢矜遲暮。卻笑孤山萬樹梅，狼藉花如許。

這首詞小題註明「詠水仙」，顯然是拿水仙來自況。

水仙是「孤芳自賞」的化身。羅襪無塵，看到的是出塵之姿；金屋難貯，感到的是脫俗之質。如此姿質，豈屑屑與眾花爭妍鬥艷。知我賞我者，只能在月底溪邊一晌相看而已，芸芸眾生，誰能了解他的清虛幽獨！

「民兆始有天子一，民京垓而始有天才一耳。故有天才者，往往不勝孤寂之感。」[一八]水仙不正是天才的寫照嗎？

幽芳獨惜，不矜遲暮，於自憐自惜之中，卻仍保持叔本華所說的「矜貴之色」，笑那萬樹梅，終有狼藉時，可是四顧蕭寂，一身孑然，如何不倏忽生出「凌波去」的念頭呢？

周策縱先生讀此詞，感慨說：「靜安欲葬於水矣。」[一九]因為這是屈子「眾醉獨醒，

一八　《遺書》第四冊，〈靜安文集：叔本華與尼采〉，頁 1643。

一九　周策縱，《論王國維人間詞》，（時報文化出版公司 1981 年 9 月），頁 56。

眾濁獨清」一般的孤獨，是亙古難排的孤獨啊！

壹之四　天才悲哀的展現

如「浣溪沙」一首：

山寺微茫背夕曛，鳥飛不到半山昏，上方孤磬定行雲。　試上高峰窺皓月，偶開天眼覷紅塵，可憐身是眼中人。

山寺微茫，象徵常人所追求的幻境。可是人生既「如鐘表之擺，實往復於苦痛與厭倦之間者也。」[二〇]那麼「背夕曛」三字，不已告訴我們，所追求的必然不可得了嗎。可嘆的是，世人受生活之欲的支配，雖九死其猶未悔。雖迭遭挫折困頓，仍如鳥之奮飛，非達目的永不休止。來到半山，前路已是昏昏冥冥，但是響遏行雲的美妙磬聲，卻誘使吾人盲目以赴。終此一生，如蠶的「草草閱生死」，永不得覺悟。

惟有天才，能見人之所不能見。偶然擺脫塵網，置身高絕清虛之地，一開天眼試窺所處之人間，發現世人紛紛擾擾，憂患勞苦，而卻甘之如飴，了無清醒之日，不禁悲

二〇　同注一一，頁1594。

從中來。

更不幸的是，發現自身竟也不免與世沈浮，竟也是「眼中人」之一，憐人之餘轉以自哀，這種哀痛，將是何等逾常啊！

這就是王靜安這位天才自導自演的悲劇。

貳、感情理智之衝突矛盾

王靜安秉賦特異，既富感情，又多理智。因此決意從事哲學研究的結果，卻是發現「可愛者不可信，可信者不可愛」，「知其可信而不能愛，覺其可愛而不能信」，因而產生了「欲為哲學家，則感情苦多而知力苦寡，欲為詩人，則又苦感情寡而理性多」的自覺，而且要引為「近二三年中最大之煩悶」，並發出「余疲於哲學有日矣」的慨嘆了。二一

二一 《遺書》第四冊，〈靜安文集續編：自序二〉，頁1787。

這種感情與理智的並駕齊驅，比起叔本華所說的「富於想像而短於理智」的「藝術天才」，是要更勝一籌的。因此能成就一位曠世才人，使他在各方面的研究上，都能獲得豐碩的成果。可是感情與理智的衝突，卻也加深了天生的抑鬱，使他長期處於矛盾掙扎之中。

勞榦先生說：「王國維是具有深切求知心力，而又負有悲天憫人的宗教情感的人。在這種場合之下，就會使精神方面陷於苦悶無法解脫的境地……他從此厭倦哲學，而做了哲學研究中的逃兵。但他雖然放棄哲學的研究，他所受的哲學影響，卻無法遣開，哲學上的知識，反而成為他心理上的傷痕。」[二二]可說是切中了王靜安的心事。

同樣以天才自許，王氏較之叔本華尤為不幸，感受的痛苦尤多，也是由於這種矛盾性格的作用。

叔本華在他的倫理學上，深深讚美「悲憫的美德」，可是這種美德，他並不具備太多，他所徹底實踐的，是美學上的「反對謙遜」。他說：「惟大詩人見他人見解之膚淺，而此外尚多描寫之餘地，始知己能見人之所不能見，而言人之所不能言。故彼之著作，

二二 勞榦，《中國的社會與文學：說王國維的浣溪沙詞》，（文星書店 1968 年 2 月），頁 64。

不足以悅時人，只以自賞而已。若以謙遜為教，則將並其自賞者亦奪之乎……一切古代之詩人，其自述也莫不有矜貴之色……故大人而不自見其大者，殆未之有。惟細人者，自顧其一生之空無所有，而聊託於謙遜以自慰……格代亦云：惟一無所長者，乃謙遜耳。」[二三]可以說，在叔本華決定以哲學為職業時，他就一直在實踐著「大非謙遜之德」。他輕視俗人，輕視學者，給人的感覺是孤獨狂妄的。雖然也有仁慈的行為，譬如提倡愛護動物，遺囑中指明財產捐給救助殘廢軍人和孤兒寡婦的協會，可惜這一面全在狂妄自大下被掩蓋了。

王靜安並不反對自大，相反的還認為那是獲得慰藉的一種途徑。他說：「天才……之苦痛既深，必求所以慰藉之道。而人世有限之快樂，其不足慰藉彼也明矣。於是彼之慰藉，不得不反而求諸自己。其視自己也，如君王，如帝天，其視他人也，如螻蟻，如糞土。」[二四]

王靜安在三十「自序」及「人間詞序」中表現的自負，以及「人間詞話」中譏評詞人的嚴峻苛刻，無疑的是這種「大非謙遜之德」的實踐。可是他同時卻又實踐了「悲

二三　同註七，頁1646–1647。
二四　同上，頁1655。

憫的美德」。在他的詞中，多數描寫了人類共同的憂苦，處處流露出悲天憫人的情懷。勞榦先生說：「他的確是出發於哲人式的悲憫，他的心是善良的，他的出發點與佛陀相同，但是佛陀在雪中發現了佛法，而他在當時的哲學造詣中卻鮮有所獲。」[二五]從師友門生的追述裡，他給人的印象是孤獨、素樸、篤實、謹嚴而謙默的。如玉李撰「王靜安先生」所說：「先生感覺敏銳而禁不住熱情，理智深潛而太眈於思索。由此，你彷彿可想見先生率真孤僻，不慣社交，愛沈思，常憂鬱，身體軟弱，行動古板的性行。但如果你只看過他的鄉下人似的樸質的外表，很難令你想到他是叔本華天才論的天才。」[二六]此外，他雖重視天才，卻又特別重視人格與德性。如此看來，他內心掙扎著自大與悲憫，是可以想見的。

這就是感情與理智引發的矛盾！

這種性格，同時也表現在治學上：他醉心於填詞，又積極從事詞話的撰寫及詞集的輯校[二七]；他酷愛叔本華的哲學，於其最重要的「意志滅絕說」卻又提出否定的疑

二五　同註二二，頁67。
二六　同註五，頁369。
二七　王靜安輯有《唐五代二十一家詞》，校有《世間集》等多種。

問[二八]；對叔氏的遺傳說也做了批判[二九]；他撰寫「原命」一文，傾向「定業論」的說法，卻又不能忘情於「意志自由論」，而反復提出了辯論[三〇]；既愛好哲學文學，「欲於其中求直接之慰藉」，卻又慨於時代的鉅變，悚於新說的流弊，盡棄前學，「反經信古」的投身在文字金石、古史地理的考證工作上[三一]。

可愛與可信的衝突，感情與理智的錯綜，帶來的是長期潛存於內心的矛盾困惑。「早知世界由心造，無奈悲歡觸緒來。」（題友人三十小象）「終古詩人太無賴，苦求樂土向塵寰。」（雜感）正是這種心境的寫照。

而「六月二十七日宿硤石」七律一詩：「新秋一夜蚊如市，喚起勞人使自思。試問何鄉堪著我，欲求大道況多歧。人生過處惟存悔，知識增時只益疑。欲語此懷誰與共，鼾聲四起斗離離。」尤能道出此中的痛苦。

二八　同註一一，頁 1622–1627。
二九　《遺書》第四冊，〈靜安文集：書叔本華遺傳說後〉，頁 1673–1681。
三〇　《遺書》第四冊，〈靜安文集續編：原命〉，頁 1747–1755。
三一　參閱錢基博，《現代中國文學史》，（明倫出版社 1972 年 8 月），頁 276。

貳之一　矛盾掙扎的展現

如蝶戀花一首：

辛苦錢塘江上水，日日西流，日日東趨海。兩岸越山澒洞裡，可能銷得英雄氣。

說與江潮應不至，潮落潮生，幾換人間世。千載荒台麋鹿死，靈胥抱憤終何是。

以景寓情，此詞可說是代表作。

錢塘江上水，隨著潮起潮落，日日又西流又東趨，其衝突所引發的「辛苦」，正是王靜安感情與理智在內心所作掙扎的寫照。羸弱之身，憂鬱之性，而竟然要日日承受這種無法解免的衝突，身心俱疲之餘，少年的豪情壯志，那能不為之銷磨殆盡呢！

可是這種屬於天才的內心的苦痛，有誰能夠體會得到呢？就如江潮，閱盡了物換星移，依然生落不息，依然在發抒著那千載難平的幽憤，又有誰知為的是什麼呢！

心潮起伏，與江潮的漲退相應；自身心事，與靈胥的「抱憤」相憐。這或許是王靜安在無力再作掙扎的那一刻，所以選擇投水的一個微妙的因素吧！

貳之二　潛藏豪情的展現

王氏詞作雖多在抒發悲觀的情懷，描寫永恆的憂苦。可是他的少年也曾是豪邁英發的。試看他與里中友人交為「四才子」，見輒「上下古今議論文史」，是何等的豪情；試看他的七言詠史絕句：「西域縱橫盡百城，張陳遠略遜甘英，千秋壯觀君知否，黑海西頭望大秦。」氣勢又何等的不凡！這一份在面對現實人生後所一直埋藏於心底的豪情，竟然不止一次的流露在他的詞中，不難令人想到王氏內心那份潛在的掙扎。

如「浣溪沙」一首：

六郡良家最少年，戎裝駿馬照山川，閒拋金彈落飛鳶。　何處高樓無可醉，誰家紅袖不相憐，人間那信有華顛。

及「浣溪沙」另首：

草偃雲低漸合圍，琱弓聲急馬如飛，笑呼從騎載禽歸。　萬事不如身手好，一生須惜少年時，那能白首下書帷。

想見一位翩翩少年，戎裝照人，駿馬如飛，馳騁山川原野之間，彈起禽落，何等矯健豪邁。想見高樓縱飲，紅袖相憐，又何等浪漫風流！

人生如此，那信人間還有白頭；人生如此，那能白首下書帷！

可是面對的現實，卻是「人間孤憤最難平」[三二]，是「人間事事不堪憑」[三三]，是「人間何處著疏狂」[三四]，難怪彼浪漫的背後，又隱藏深深的無奈。

如「少年遊」一首：

垂楊門外，疏燈影裡，上馬帽簷斜。紫陌霜濃，青松月冷，炬火散林鴉。 酒醒起看西窗上，翠竹影交加。跌宕歌詞，縱橫書卷，不與遣年華。

如「鷓鴣天」一首：

列炬歸來酒未醒，六街人靜馬蹄輕。月中薄霧漫漫白，橋外漁燈點點青。 從醉裡，憶平生，可憐心事太崢嶸。更堪此夜西樓夢，摘得星辰滿袖行。

前半闋均寫他所憧憬的浪漫生涯，可是這一切好似存於醉夢之中。在醉夢裡，感到

三二 王靜安《虞美人》詞。
三三 王靜安《鵲橋仙》詞。
三四 王靜安《浣溪沙》詞。

的是「心事太崢嶸」；在酒醒時，看到的是「西窗上翠竹影交加」。雖然他在「重遊狼山寺」詩中曾說：「百年那厭讀奇書」，雖然他在「拼飛」詩中也說：「不有言愁詩句在，閒愁那得暫時消。」可是幻影般的浪漫情懷，如何不在現實與理想的衝突之下，化作無奈的喟嘆呢！

貳之三　悲憫情懷的展現

在文學評論上，王靜安表現的是叔本華天才式的「大非謙遜」，可是在詞裡表現的情懷，卻是悲憫的。張健先生說：「靜安本人因深受叔本華、尼采思想的影響，境趣頗與佛家相通。其在出世、入世兩極端的矛盾，發而為詞，冶妙悟與性靈於一爐，正足以作為境界說的範例。」[三五]也肯定了此一特色。

如「蝶戀花」一首：

百尺朱樓車塵生樹杪，陌上樓頭，都向塵中老。薄晚西風吹雨到，明日又是傷流潦。

樓臨大道，樓外輕雷，不問昏和曉。獨倚闌干人窈窕，閒中數盡行人小。

獨倚闌干，閒愁難排，俯視大道之上，只見熙攘往來之行人小如蟲蟻，只聽隆隆作

三五　張健，《滄浪詩話研究：境界說的新天地》，（台灣大學文學院 1966 年 7 月），頁 141-146。

響的車聲鎮日不停，在一動一靜之間，襯托出自己的空虛與孤寂。

忽地一陣車塵揚起，籠罩了「百尺朱樓」與「大道」，使得「塵勞」中的行人，以及「閒愁」中的佳人，都在塵土中憔悴衰老。

此時驀然感悟到的是：人生的苦痛，不僅屬於自己一人，而是普及於眾生。更不幸的是，苦痛不僅存在於一時，而是擴及於永恆。因為才在塵土中老去，隨即又要在傍晚的風雨中為明日的流潦哀傷了。

表現的正是佛陀的悲憫胸懷。

又如「浣溪沙」一首：

已落芙蓉並葉凋，半枯蕭艾過牆高，日斜孤館易魂銷。　坐覺清秋歸蕩蕩，眼看白日去昭昭，人間爭度漸長宵。

芙蓉香銷，翠葉凋殘，而蔓牆的蕭艾，也已半呈枯黃。良辰美景，轉眼不再。目睹物遷時移，遲暮之情油然而生。而況白日漸斜，寂寂孤館一片淒冷，惆悵的情懷，就更難排遣了。

隨即想到秋宵漸長，愁緒綿綿，究將如何捱度？那麼不論是日是夜，竟然都無有寬懷之時了。時序遷移，人所共見，遲暮之悲，人皆有之。於是自憐之餘，轉而發出「人間爭度」的同情，與上首的悲憫正自無異。

參、九死其猶未悔的執著

對理想追求的執著，本是詩人共同的傾向，甚至為理想而殉身，往往也是在所不辭，所謂「雖九死其猶未悔」，正是這種精神的展現。

王靜安既以天才自況，那麼他對理想的追求，自然較他人為熱烈。他在「叔本華與尼采」文中曾引叔本華的話說：「一切俗子……彼等自己之價值，但存於一身一家之福祉，而不存於真理……惟知力之最高者，其真正之價值，不存於實際，而存於理論；不存於主觀，而存於客觀。耑耑焉力索宇宙之真理，而再現之，於是彼之價值超乎個人之外，與人類自然之性質異。……故圖畫也，詩歌也，思索也，在彼則為目的，而在他人則為手段也。彼犧牲其一生之福祉，以殉其客觀上之目的，雖欲少改焉而不

能。」[三六]

這一段話，不正是王氏的夫子自道嗎？

這種精神，是從小就已具備的。陳守謙的祭文裡說：「君於學不沾沾於章句，尤不屑就時文繩墨。故癸巳大比，雖相偕入闈，不終場而歸，以是知君之無意科名也。」[三七]鄙視章句，敝屣科名，即是因為心中隱然有一個理想存在。這一個理想，在他長大之後，就無時無刻不執著於其心中了。今舉其大要如下：

論及哲學家與美術家時，說：「天下有最神聖、最尊貴，而無與於當世之用者，哲學與美術是已。天下之人，囂囂然謂之曰無用，無損於哲學與美術之價值也。……夫哲學與美術之所志者，真理也，真理者，天下萬世之真理，而非一時之真理也。」[三八]又說：「若哲學家而以政治及社會的興味為興味，而不顧真理之如何，則又非真正之哲學家。」[三九]

三六 同註八，頁1644-1645。
三七 同註五，頁8。
三八 《遺書》第四冊，〈靜安文集：論哲學家與美術家之天職〉，頁1712。
三九 同註一，頁1799。

論及哲學的研究時，說：「余輩之研究哲學者，亦必昌言此學為無用之學也，何則？以功用論哲學，則哲學之價值失。哲學之所以有價值者，正以其超乎利用之範圍故也。」四〇

論及文學時，則說：「餔餟的文學，決非真正之文學也。」又說：「個人之汲汲於爭存者，絕無文學家之資格也。」又說：「人亦有言，名者利之賓也。故文繡的文學之不足為真文學也，與餔餟的文學同。古代文學之所以有不朽之價值者，豈不以無名之見者存乎。」又說：「吾人謂戲曲小說家，為專門之詩人，非謂其以文學為職業也。以文學為職業，餔餟的文學也，職業的文學家，以文學得生活，專門之文學家，為文學而生活，」四一

論及學術研究，則說：「今之學者，其治藝者多而治學者少⋯⋯故其學苟可以得利祿，苟略可以致用，則遂囂然自足，或以筌蹄視之。彼等於學問，固無固有之興味。」又說：「十年以前，士大夫尚有閉戶著書者，今雖不敢謂其絕無，然亦如鳳毛麟角矣。夫今日欲求真悅學者，寧於舊學中求之，以研究新學者之真為學問歟，抑以學問為羔

四〇　《遺書》第四冊，〈靜安文集續編：奏定經學科大學文學科大學章程書後〉，頁1820。
四一　同註一，頁1800-1801。

雁歟，吾人所不易知。不如深研見棄之舊學者，吾人能斷其出於好學之真意故也。」[四二]並且批評康有、譚嗣同等人「之於學術，非有固有之興味，不過以之為政治上之手段，荀子所謂今之學者以為禽犢者也。」[四三]

論及教育時，說：「世之勇於任教育者有四途，有以為公益焉，有以為勢力者焉，有以為名高者焉，有以為實利者焉。為公益為之者，聖賢也；為勢力而為之者，豪傑也；為名與利而為之者，小人包。……夫小人則以教育為一手段，而不以為目的。」[四四]

在他的文集中，類是的言論甚多，讓我們得知王靜安強烈的反功利觀念。任何學問事業，只要跟一己之利害得失相結合，只要跟政治功名相結合，都要遭到他的排斥。他自己曾說：「余畢生惟與書冊為伴，故最愛而最難捨去者，亦惟此耳。」[四五]舉世營營之中，獨見一介書生本色，以學問為純粹興味，優游涵泳其中，真叫沈溺於實用主義功利主義者為之汗顏！

四二 《遺書》第四冊，〈靜安文集續編：教育小言十則〉，頁1859–1860。

四三 《遺書》第四冊，〈靜安文集：論近年之學術界〉，頁1700–1701。

四四 《遺書》第四冊，〈靜安文集續編：教育小言十二則〉，頁1845。

四五 同註五，〈敘例〉，頁3。

然而攘攘塵世，與我多舛。執著於理想追求的，很少不成為悲劇的人物。楚懷王非有賢德，而屈原為之殉，實是殉於理想。王氏「百字令」詞云：「楚靈均後，數柴桑第一，傷心人物……寂寥千載，有人同此伊鬱。」一生希慕屈子高潔的王國維，甚是反對自殺[四六]，而卻終於投水自殺，應也只有殉於理想才能作圓滿的解釋吧。

畢竟一個天性悲觀憂鬱的人，在時刻為感情與理智的交戰而掙扎之下，其所執著的理想，往往是要歸於破滅的。

參之一　理想追尋的展現

如心點絳唇」一首：

萬頃蓬壺，夢中昨夜扁舟去。縈迴島嶼，中有舟行路。　波上樓台，波底層層俯。何人住，斷崖如鋸，不見停橈處。

藉由昨夜一夢，探訪世外桃源。島嶼縈迴，樓台映波，具見所追求之境之奇麗。「何

四六　《遺書》第四冊，〈靜安文集續編：教育小言十則〉：「自殺之事，吾人姑不論其善惡如何，但自心理學上觀之，則非力不足以副其志，而入於絕望之域，必為意志之力，不能制其一時之感情。而意志薄弱之社會，反以美名加之，吾人雖不欲科以殺人之罪，其可得乎！」，頁1862。

人住」三字，道出了心實嚮往之。

可惜斷崖如鋸，如何攀躋而上？況不見停橈之處，又如何繫我扁舟？終究是悵然而返而已。

理想有如夢幻，到頭來不免成空，於現實人生中，竟杳不可尋得。

又如「蝶戀花」一首：

憶挂孤帆東海畔，咫尺神山，海上年年見。幾度天風吹棹轉，望中樓閣陰晴變。金闕荒涼瑤草短，到得蓬萊，又值蓬萊淺。只恐飛塵滄海滿，人間精衛知何限。

同樣以蓬萊譬喻追求的理想境地。「孤帆」二字，想見「岑寂而無友」的落寞。望中神山，近在咫尺，幾度驅舟行近，旋被天風吹回。而遠處山上樓閣，如幻似真，隨時變化，了不可捉摸。這象徵欲望的難償，而快樂終究屬於虛幻。

待付出一切努力，飽嚐一切苦痛，偶然天風不起，行近蓬萊，可是金闕已荒涼，瑤草竟枯短，驀然驚覺，自己也已垂垂老矣。遽又發現蓬萊水淺，畢竟不得浮舟而入。人世最後的一絲希望，終於為之破滅，結果不免銜恨以逝。

理想之永無實現之日也如此，就無怪人間精衛填地之多，也無怪蓬萊漸淺而滄海恐將塵滿了。

參之二　帶寬不悔的展現

如「蝶戀花」一首：

黯淡燈花開又落，此夜雲蹤，知向誰邊著。頻弄玉釵思舊約，知君未忍渾拋卻。妾意苦專君苦薄，君似朝陽，妾似傾陽藿。但與百花相鬥作，君恩妾命原非薄。

燈花開又落，寫徹夜的等待，卻不知伊人「永夜拋人何處去」，惟有玉釵頻弄，舊約頻念，然後又死心踏地的深信伊人不忍辜負。即使苦君情博，苦妾情專，仍然一往情深地有如藿葉之向陽，作永恆的追隨與愛慕。雖衣帶漸寬，也安之若素，全無絲毫的怨悔。

「君恩妾命原非薄」，這是源於輕拋功利，不計得失之後的一種覺悟。也由於這種覺悟，才產生了對理想追求的執著。

又如「蝶戀花」一首：

月到東南秋正半，雙闕中間，浩蕩流雲漢。誰起水晶簾下看，風前隱隱聞簫管。涼露濕衣風拂面，坐愛清光，分照恩和怨。苑柳宮槐渾一片，長門西去昭陽殿。

秋月正圓，銀河絢爛，宮中思婦捲簾癡望，只見巍巍雙闕，只聞隱隱簫管，想到新人的見寵，想到舊人的見棄，不免悲從中來。露已涼，風已寒，夜已深，卻仍坐愛清光而不寐，只因清光所照，不分恩和怨。「妾意苦專君苦博」又何妨，但能分沾恩澤，便了無恨悔了。

苑柳宮槐，渾然一片向西綿延，寫出了「玉顏不及寒鴉色，猶帶昭陽日影來」的慕羨，從而生出了無窮的希冀。款款深情，哀而不怨，正與前首的懷抱相同。

參之三　絕望厭世的展現

當一切希望破滅，當理想的追求成為痛苦的根源，厭世之情自然滋生。這時，「不辨墜歡新恨」[四七]的人世，就更無留戀的餘地了。

四七　王靜安《好事近》詞。

「蝶戀花」一首，正寫出了這分絕望：

誰道江南春事了，廢苑朱藤，開盡無人到。高柳數行臨古道，一藤紅遍千枝杪。冉冉赤霞將綠繞，回首林間，無限夕陽好。若是春歸歸合早，餘春只攪人懷抱。

春事將了，卻又留下了廢苑的朱藤，古道的高柳，撩引人們對春的追懷。「誰道」二字，即寫出了戀惜歡樂時光的執著。而一藤紅遍千枝杪，更令人發出夕陽無限好的歡呼！

王靜安既以為人生明屬徒勞，快樂盡為幻覺，那麼，「夕陽無限好」不正是誘使世人沈迷於永恆憂苦而不能自拔的「幻覺」嗎？這有如叔本華所說的：「好像投給一個乞丐的銅元，給他今天過活，好叫他的痛苦延長到明天。」[四八]不幸的是，世人懵懂，又有誰能想到「只是近黃昏」之後的長夜漫漫的苦痛呢？

「終古詩人太無賴，苦求樂土向塵寰。」（雜感七律）王靜安徹悟之後，對人間之世，已不再存有任何希望了。

四八　引自楊蔭鴻譯，《西方哲學史話》，（河洛出版社 1979 年），頁 297。

「若是春歸歸合早，餘春只攪人懷抱。」這種決絕之語，實已透露了王靜安終將自了餘生的消息。他在「書古書中故紙」詩中云：「書成付與爐中火，了卻人間是與非。」表現的是同一種絕望的悲哀！

結語

「自吾人思之，則人生之運命，固無以異於悲劇。然人當演此悲劇時，亦俯首杜口，或故示整暇，汶汶而過耳。欲如悲劇中之主人公，且演且歌，以訴其胸中之苦痛者，又誰聽之，而誰憐之乎？大悲劇中之人物之無勢力之可言，固不待論。然敢鳴其苦痛者，與不敢鳴其痛苦者之間，其勢力之大小，必有辨也矣。夫人生中固無獨語之事，而戲曲則以許獨語故，故人生中久壓抑之勢力，獨於其中筐傾而篋倒之。」[四九]這正是王靜安鍾情創作的心境的赤裸表白。悲劇的時代，悲劇的性格，悲劇的作品，悲劇的結局，似是典型悲劇天才的必然歷程。

四九 《遺書》第四冊，〈靜安文集續編：人間嗜好之研究〉，頁1760。

叔本華肯定純粹悲劇的價值，云：「悲劇的真正意義，是更深一層的領悟英雄們所贖的不是他們自己的罪惡，而是原始的罪惡，即生存本身的罪過。」[五〇]又云：「無論從效果之大或完成之困難方面看，悲劇都應視為詩歌藝術的極頂，事實上也被視為詩歌藝術的極頂。」[五一]本此觀點，王靜安特別推崇「徹頭徹尾之悲劇」「悲劇中之悲劇」的紅樓夢，在「紅樓夢評論」文中，他說：「生活之欲之罪過，即以生活之苦痛罰之，此即宇宙之永遠的正義也。……美術之務，在描寫人生之苦痛，與其解脫之道。」[五二]因此，王靜安對於展現自己悲劇性格之詞作，給了「斯有天致，非由人力」、「自南宋以後，除一二人外，尚未有能及余者，則平日之所自信也。」[五三]以及「君詩詞之特色，求之古代作者，罕有倫比。」[五四]之極度自負之評價，也就能為吾人所理解了。

葉嘉瑩教授說：「透過靜安先生的悲劇，我們清楚地可以看到，靜安先生所生之時

五〇 劉大悲譯，《意志與表象的世界：表象世界》，（志文出版社 1998 年 7 月），頁 221。

五一 同上，頁 219。

五二 同註一一，頁 1608。

五三 同註三，頁 1786–1788。

五四 同註二，頁 1478。

代以及他所稟賦的性格，無疑的乃是造成此一悲劇的兩項重要因素。」[五五]如此的見解，對應王靜安所言：「真理之戰勝，必待於後世，而曠世之天才，不容於同時。」[五六]似為吾人探討王氏終以「吾日暮而途窮，故倒行而逆施」而步屈子之後塵自沈以殞，提供了一個重要而直接的方向也。

五五　葉嘉瑩，《王國維及其文學批評：一個新舊文化激變中的悲劇人物》，（源流文化事業有限公司 1982年4月），頁99。

五六　《遺書》第四冊，〈靜安文集：叔本華之哲學及其教育學說〉，頁1561。

The Tragic Characterization In Jing-On Wang' s Poetry

Summary

No matter if we took from his literary or literate points ofview , we learned that Mr. Wang absolutely expressed himself in his poetry . The purpose of the paper was to discuss about the characterization in Mr. Wang's description of the pains in human lives because the conflicts accompanied with his sympathy, senses, sensibility and perseverance . This study can help us to understand why he committed suicide and the reason why " the art is genius only ."

之三：王國維《人間詞》寫作之背景與動機

（國立高雄海院學報第十六期・二〇〇一年）

摘要

王國維提出文學進化論，卻又在舊文學即將走入歷史之際，投入舊詞的創作，並獲得了非凡的成就，這實在是文學史上的一個異象。本文試圖從對詞壇風氣的反對，來了解王靜安立意創新詞風的因緣；從時代的環境背景，來了解影響其創作的思想淵源；再從興趣的移轉、苦痛的發洩、天才的實踐、詞論的印證諸方面來了解他投入創作之動機。庶幾此一異象之形成，可以得到合理之解釋。

關鍵詞：王國維、王靜安、人間詞

壹、前言

王靜安不以詞名家，所作之「人間詞」，與其豐碩的學術研究成果相比較，也僅算是早年的一點靈光的顯現而已。不過它卻有幾個值得吾人注意的地方。第一、這是王靜安研究叔本華的哲學之後，將其悲觀思想融入作品的一部創作。第二、王靜安對填詞成功頗為自負，也因此使他全力投入文學之研究。第三、由於多數作品是「感自己之感，言自己之言」的展現，在對王靜安性情思想的探討上，直接提供了不少真實的資料。第四、這部作品可說是王靜安「夙持」的詞論的實地試驗，頗可取來與其詞論相印證。第五、在雕琢模擬成風的清代詞壇裡，人間詞別開境界步鎔鑄新理想以入舊風格，算得是一部光榮結束舊詞時代的作品。

梁啟超說：「革命者，當革其精神，非革其形式。吾黨近好言詩界革命，雖然，若以堆積滿紙新名詞為革命，是又滿州政府變法維新之類也。能以舊風格含新意境，斯可舉革命之蠹矣。」[一]「而繆鉞評靜安詩詞說：「靜安所作詩詞不多，而頗有特色，其中

一　梁啟超，《飲冰室文集》卷四，台北，新興書局，民57年，頁74。

含有哲學意味，清邃淵永，在近五十年之作家中，能獨樹一幟。」[二]「能以舊風格含新意境」一語，拿來形容領異標新、「獨樹一幟」的人間詞，王靜安可謂受之無愧矣。

要領異標新、要獨樹一幟，在那樣不可為的時代，恐怕也只有新思潮的衝擊，再加上王靜安自負的「天才」，才能辨得到的了。

貳、文學環境與詞壇風氣

一

有清一代，是中國舊文學史上的最後一期，在兩百六十多年中，不論詩、文、詞、曲、戲劇，都再度的興盛起來，蔚成一股熱烈的復古風氣，然後正式宣告結束。畢竟，在舊有的文體上，能夠抒寫發揮的，各個朝代幾乎都已抒寫發揮殆盡。王靜安人間詞話說：「四言敝而有楚辭，楚辭敝而有五言，五言敝而有七言，古詩敝而有律絕，律絕敝而有詞。蓋文體通行既久，染指遂多，自成習套，豪傑之士，於難於其中自出新意，

二　繆鉞，《詩詞散論》，台北，台灣開明書店，民55年，頁68。

故遁而作他體，以自解脫，一切文體所以始盛終衰者，皆由於此。」三本此觀點就可以了解到，清代作家，既然不能「自出新意」來開創新的文體，只是竭力在已無多大發展餘地的舊形體中與古人爭勝，舊文學的生命到此為止，已是必然的了。而在復古的潮流中，居然也能得到一些令人滿意的成績，撇開作者的才智，我們大概也可看作是一種迴光返照吧！劉大杰說的好：「在中國整個文學發展的歷史上，清代文學的職能，是三千年來各種舊文學舊文體的總結，同時孕育二十世紀中國新文學的萌芽。二百多年間，由許多作家的努力，確實造成了一個舊文學結束的光榮場面。無論詩文詞曲，他們的創作態度，都非常嚴肅而認真，但是，不管他們如何努力，舊的總是要過去的，新的總是要起來的。」四

在這「舊的總要過去，新的總要起來」的轉機上，王靜安仍用舊文體來寫《人間詞》，就非要另闢一條前人未曾走過的新路不可。而因應政治的變革，西學的急遽輸入，適時給王靜安一個頗大的啟示，使他嘗試著運用舊詞的體裁去表現西方的哲理，如錢鍾書所說的：「王靜安少作時時流露西學義諦，庶幾水中之鹽味，而非眼裡之金屑。」五

三　王國維，《人間詞話》，香港，中華書局，1961，頁28。
四　劉大杰，《中國文學發展史》下冊，九龍，古文書局，1974，頁269。
五　錢鍾書，《談藝錄》，北京，中華書局，1984，頁30。

也使得他的早期詩作詞作，都充滿了濃厚的叔本華式的悲觀色彩。

二

創者易工，因者難巧，詞跟其他的文體一樣，經過清代的復興，已經發展到了頂點。除極少數的優秀詞人外，大部分的作品都已落入模擬彫琢的窠臼，缺少生活的內容與真實的生命。而沒有創意沒有生命的作品，正是王靜安最反對的。

劉大杰評論清代詞人說：「他們對於詞的創作，對於詞的復興運動，實在是盡了很大的心力，無論修辭用字，審音守律，都非常認真，態度的嚴肅，遠非明人可比。詞學的探討，詞集的校刊和整理，俱留下了很好的成績。」[六]因為清人對詞確實費了相當的苦心去創作與整理，所以雖然有人從創作的觀點上，對清詞不甚滿意，可是大多數的學者，從「中興」的觀點上，卻都肯定了清詞在文學史上的價值與地位。

而王靜安對清代的詞風，根本是趨於反對的。他只欣賞納蘭成德一個人，人間詞話說：「納蘭容若以自然之眼觀物，以自然之舌言情，此由初入中原，未染漢人風氣，

六　同註四，頁292。

故能真切如此，北宋以來，一人而已。」[七]以為納蘭成德的成就，全本自然，全出天性，是未受當代詞風感染所致。

他的境界說，主張「真切自然」，而清代詞風，卻是與此相肯的。王靜安曾作了如下嚴厲苛刻的批評：

「夫自南宋以後，斯道之不振久矣，元明及國初諸老，非無警句也，然不免局促者，氣困於彫琢也。嘉道以後之詞，非不諧美也，然無救於淺薄者，意竭於模擬也。」[八]又說：「至於國朝……至乾嘉以降，審乎體格韻律之間者愈微，而意味之溢於字句之表者愈淺，豈非拘泥文字，而不求諸意境之失歟。」[九]

這種反對彫琢，反對模擬，反對聲律的態度，跟他斥責明清之曲為「死文學」的態度，應當是一致的。

很不幸，清代詞派的兩大主流，竟然都跟王靜安的主張背道而馳。浙西派以朱彝尊

七　同註三，頁27。
八　《海寧王靜安先生遺書》第四冊，台北，台灣商務印書館，民65年，頁1477。
九　同上註，頁1479。

為首，推崇姜白石、張玉田，所謂「數十年來，浙西填詞者，家白石而戶玉田，春容大雅，風氣之變，實由於此。」[一〇]此派諸家所作，大多句琢字鍊，歸於醇雅，往往爭求一字之工，較計一句之奇，遂不免餖飣獺祭，而漸失情性。何況其末流捨神襲貌，自然難免流於膚淺。而且朱氏的「世人言詞必稱北宋，然詞至南宋始極其工，至宋季而始極其變。」[一一]更與王氏的菲薄南宋完全相反。

王靜安曾在人間詞話中批評朱彝尊說：「自竹坨痛貶草堂詩餘而推絕妙好詞，後人群附和之，不知草堂雖有褻諢之作，然佳詞恆得十之六七，絕妙好詞則除張范辛劉諸家外，十之八九皆極無聊賴之詞，古人云小好小慚，大好大慚，洵非虛語。」[一二]更表達了他對浙西派取捨不當之不滿。

至於張惠言倡始的常州派，主張「傳曰意內言外謂之詞，其緣情造端，興於微言，以相感動，極命風謠里巷男女哀樂，以道賢人君子幽約怨悱不能自言之情，低徊要眇，以喻其志。蓋詩之比興變風之義，騷人之歌，則近之矣。然其文小，其聲哀，放者為

一〇 朱彝尊，《靜志居詩話》，台北，明文出版社，民80年，頁153。
一一 見朱彝尊輯《詞綜》凡例，台北，中華書局，民59年。
一二 同註三，頁47。

之，或跌蕩靡麗，雜以昌狂俳優。然要其至者，莫不惻隱盱愉，感物而發，觸類條暢，各有所歸，非苟為雕琢曼詞而已。」[一三]排斥庸濫侈靡之音，鄙視無病呻吟之作，而推本風騷，崇尚比興，立意可說是不錯。可惜門庭既嫌狹隘，而事事均以風騷比附，仿效注疏解經，終不免穿鑿而牽強。比起朱彝尊，張惠言可說是矯枉過正了。

我們看人間詞話的批評：「固哉皋文之為詞也，飛卿菩薩蠻，永叔蝶戀花，子瞻卜算子，皆興到之作，有何命意？皆被皋文深文羅織。阮亭花草蒙拾謂：『坡公命宮磨蝎，生前為王珪舒亶所苦，身後又硬受此差排。』由今觀之，受差排者，獨一坡公已耶？」[一四]不滿之情，實溢於言表。

而且張惠言詞選，雖選了不少唐五代北宋詞，可是他那風騷比興的大旨，畢竟是與王靜安「文學所以描寫人生」而反對寄託的主張相逕庭的。人間詞話說：「人能於詩詞中不為美刺投贈之篇……則於此道已過半矣。」[一五]應是有意要來破除常州派的陋習吧。

一三　見張惠言錄《詞選》序，台北，廣文書局，民59年。
一四　同註三，頁43。
一五　同上註，頁29。

人間詞話又說：「明季國初諸老的論詞，大似袁簡齋之論詩，其失也纖小而輕薄，竹坨以降之論詞者，其失也枯槁而庸陋。」[一六]舉世論詞，俱無可取！難怪王靜安要撰人間詞話來自成一家之言了。

對於晚清同期的詞人，王靜安在詞話中所給的評價雖較浙西、常州派的大將略高，不過這些詞人仍未脫離浙西常州兩派的影響，其不愜靜安之心意，也是必然的了。創新詞風，捨我其誰呢！

三

在這樣的文學環境裡，在這樣的詞壇風氣中，王靜安還想要肯定自己的見解與才情，試圖為行將衰亡的舊詞輸入新的生命，真是有點「知其不可而為」了。

不過，即使我們承認王靜安確也獲得了不同於其他詞人的不凡成就，如果沒有新學的輸入，如果沒有叔本華思想的啟發，這份成就絕對不會存在的。

一六　同上註，頁52。

參、時代背景及思想淵源

一

鴉片戰爭，啟開了列強入侵中國的序幕，而政治的腐化，民生的凋敝，世俗的敗壞，更導致內亂不已。所謂「外夷之烽燧未銷，而海內之干戈已起」，連年不斷的戰事，接踵而來的喪權辱國，使得有志之士，急切地要求在各種制度上有所變革。在「以夷制夷」的觀念下，歐西新知識新思想的輸入與學習，就成了知識分子的重要課題。

這段變革的過程，共經歷了三個階段，就是從興辦洋務力圖自強，轉變為維新運動的改制變法，然後再歸結於除舊建新的革命運動。

王靜安生當光緒多事之朝，他是受到這股新思潮所激盪過的，只因憂鬱的天性，羸弱的身體，影響了他的志趣，使他跟同時期的士人走了的路徑，完全擺脫了政治，而醉心在「歐人深邃偉大之思想」的純粹興味之中。

其實，王靜安的少年也曾是駿才英發的，試看他與里中友人交為「四才子」，見輒「上下古今議論文史」，是何等的豪情！試看他的詠史絕句：「西域縱橫盡百城，張陳遠略遜甘英，千秋壯觀君知否？黑海西頭望大秦。」氣勢又是何等的不凡！甲午戰後，見到康有為梁啟超的疏論，「遂思有以自試」[一七]，又是何等的襟懷！

可惜當時的英文教師田岡佐代治，竟改變了他經世致用的初衷。三十「自序」說：「社中（按、指羅振玉創設的東文學社）教師為日本文學士藤田豐八、田岡佐代治二君，二君故治哲學，余一日見田岡文集中有引汗德、叔本華之哲學者，心甚喜之。[一八]從此以後，開始了對叔本華等人哲學的研究，政治的變革，遂不再引起他的興趣，康有為梁啟超等人結合政治的學說，也被王靜安在「論近年之學術界」一文中作了無情的抨擊。

事實上王靜安並非不關心世事，我們從靜安文集裡的「論平凡的教育主義」、「教育小言」、「去毒篇」、「人間嗜好之研究」……等文章中，都可體會到他那憂國憂時的熱切中腸。只是他所關心的，不是從政治上來求解決，而是想藉由哲學、美術、文學來根本改變國民的氣質。以禁絕鴉片為例，他認為「古人之疾飲酒田獵，今人之疾鴉片賭博，西人之疾在酒，中人之疾鴉片……前者強國的疾病，後者亡國的疾病也；

一七　以上參見王德毅《王國維年譜》，台北，台灣商務印書館，民56年，頁6。
一八　同註八，頁1785。

前者欲望的疾病，後者空虛的疾病也。然則我國民今日之有此疾病也……自國家之方面言之，必其政治之不修也，教育之不普及也，自國民之方面言之，必其苦痛及空虛之感，深於他國民，而除鴉片外，別無所以慰藉之術也。此二者中，後者尤其最要之原因。苟不去此原因，則雖盡焚二十一省之罌粟種，嚴杜印度南洋之輸入品，吾知我國民，必求所以代鴉片之物，而其害與鴉片無以異，則固可決也。」[一九]

獨具隻眼，切中時弊，可謂前無古人！「惟禁之之務，則雖以完全之警察，嚴酷之刑罰隨其後，亦必歸於無效，就令有效，不過橫溢而為他嗜好而已。」[二〇]環顧目前社會吸毒、賭博之氾濫不絕，真不能不佩服王靜安之真知卓見。而王靜安提出的杜絕之道是根本的，是澈底的。他說：「故禁鴉片之根本大道，除修明政治，大興教育，以養成國民之知識及道德外，尤不可不於吾國民之感情，加之意焉。其道安在？則宗教與美稱二者是。前者適於下流社會，後者適於上等社會；前者所以鼓國民之希望，後者所以供國民之慰藉。茲二者，尤我國今日所最缺乏，亦其最需要者也。」[二一]

一九　同上註，頁 1830~1836。
二〇　同上。
二一　同上。

由於重視美術的價值，才會產生「生百政治家，不如生一大文學家」[二二]之觀念，也才會親身投入文學的創作中。

二

王靜安在靜安文集自序中說：「余之研究哲學，始於辛壬之間，癸卯春，始讀汗德之純理批評，苦其不可解，讀幾半而輟。嗣讀叔本華之書，而大好之。自癸卯之夏，以至甲辰之冬，皆與叔本華之書為伴侶之時代也。」[二三]這兩年間的與叔本華書相伴，對王靜安的影響頗大。靜安文集中，收有「叔本華之哲學及教育學說」、「叔本華與尼采」、「書叔本華遺傳說後」（並譯有「叔本華遺傳說」），乃是對叔本華哲學之直接介紹。其他雜文，也時時引用叔本華的學說，至於「紅樓夢評論」一文，則是完全採用叔本華的哲學觀點，來評論紅樓夢這一部偉大的小說，並在文中指出了叔本華學說的可議之處。可見王靜安對叔本華學說的研究，是頗有心得的。

梁實秋論及現代中國文學時曾說：「全部影響最緊要處，乃在外國文學觀念之輸入，換言之，我們自經和外國文學接觸之後，我們對於文學的見解完全變了，我們本

二二　同註八，頁。

二三　同上註，頁1511。

來的文學觀念可以用『文以載道』四個字來包括無遺，現在的文學觀念則是把文學當做藝術。」[二四]這一種文學觀念的改變，卻早在光緒二十九年就出現在王靜安身上了。只是改變他的不是外國文學，而是叔本華等人的哲學。

叔本華的思想影響於王靜安的從事文學創作，主要有下列三項：

（一）藝術屬於天才：叔本華說：「藝術即天才的作品。」[二五]又說：「藝術只於真正有天才的人，而這種人很難見到。」[二六]叔本華以天才自居，王靜安也好言天才，靜安文集中「文學小言」說：「天才者，或數十年而一出，或數百年而一出。」[二七]「古雅之在美學上之位置」文中也說：「美術者，天才之製作也，此自汗德以來百餘年間學者之定論也。」[二八]又言：「若夫優美及宏壯，則非天才殆不能捕攫而表出之。」[二九]

二四　梁實秋，《浪漫的與古典的》，台北，大林書局，民63年，頁9。
二五　劉大悲譯，《意志與表象的世界》，台北，志文出版社，民67年，頁176。
二六　同上註，頁216。
二七　同註八，頁1803。
二八　同上註，頁1791。
二九　同上註，頁1797。

至於人間詞話說：「詞人者，不失其赤子之心者也。」[三〇]則與叔本華的「實際上小孩子都是某種程度的天才，天才也是某種程度的小孩子，兩者最接近的特點，是表現樸素和崇高的純真，這也是真天才的基本特徵。其他諸如『孩子般的天真』，也是天才的特性之一。」[三一]論點相同。王氏「叔本華之哲學及其教育學說」裡引用叔氏的話說：「真理之戰勝，必待於後世；而曠世之天才，不容於同時。」[三二]人間詞話也有類似的感慨：「社會上之習慣，殺許多之善人，文學上之習慣，殺許多之天才。」[三三]可見他對天才的愛惜。

叔本華在「論天才」中說：「天才的根本條件是感受性非常強烈，這也是男性生理必具的特性，女人可能具有卓越的才幹，但永遠與天才無緣，因為女人都是主觀的。」[三四]在「論女人」中又說：「就以藝術來說吧……有史以來，即使最卓越的女人，

三〇　同註三，頁7。
三一　陳曉南譯，《叔本華論文集》，台北，志文出版社，民61年，頁139。
三二　同註八，頁1561。
三三　同註三，頁35。
三四　同註三一，頁135。

也從未在美術方面，產生任何一件真正偉大或富獨創性的成就。」[三五]在王靜安的筆下，絕口不提女性作家及其作品，或許記是受到叔本華這種思想的影響吧？

天才的觀念，是王靜安早期文學思想的中心。

（二）肯定文學的獨立價值：歷來文人，雖重視文學的價值，卻又不免有「辭賦小道」之觀念橫梗胸中。清代詞學雖稱鼎盛，可是紀昀卻說：「詞曲二體，在文章技藝之間，厥品頗卑，作者弗貴。」[三六]即朱彝尊也自云：「詞雖小道，為之亦有術矣。」[三七]梁啟超亦言：「夫詞，清代固有仁者，駕元明而上……然詞固所共指為小道者也。」[三八]至如馮煦「詞為文章末技」[三九]的言論，在詞話中實隨處可見。

王靜安接受了叔本華「藝術只屬於真正天才」的看法，擺脫了功利的文學觀，而從藝術上肯定文學的獨立價值。他說：「『自謂頗騰達，立登要路津，致君堯舜上，再

三五 同上註，頁11。

三六 紀昀，《四庫全書總目》第七冊，台北，藝文印書館，民58年，頁4141。

三七 朱彝尊，《曝書亭集》卷四十，台北，台灣商務印書館，民年，頁7。

三八 梁啟超，《清代學術概論》，台北，台灣商務印書館，民82年，頁101。

三九 《詞話叢編》第十一冊，馮煦，〈蒿庵論詞〉，台北，廣文書局，民59年，頁3680。

使風俗淳。』非杜子美之抱負乎?『胡不上書自薦達,坐令四海如虞唐。』非韓退之之忠告乎?『寂寞已甘千古笑,馳驅猶望兩河平。』非陸務觀之悲憤乎?如此者,世謂之大詩人矣。至詩人之無此抱負者,與乎小說戲曲,圖畫音樂家,皆以倡優自處,世亦以侏儒倡優畜之,所謂『詩外尚有事在』,『一命為文人,便無足觀』,我國人之金科玉律也。嗚乎!美術之無獨立價值也久矣,此無怪歷代詩人,多託於忠君愛國,勸善懲惡之意,以自解免,而純粹美術上著作,往往受世之迫害,而無人為之昭雪者也。」[四〇]又說:「觀詩歌之方面,則詠史、懷古、感事、贈人之題目,彌滿充塞於詩界,而抒情敘事之作,什佰不能得一,其有美術上之價值者,僅其寫自然之美之一方面耳,甚至戲曲小說之純文學,亦往往以勸善為恉,其有純粹美術上之目的者,世非惟不知貴,且加貶焉。」[四一]甚至進一步認為:「文學者,遊戲的事業也。」[四二]

這種見解,自然影響了王靜安的參與創作,同時也影響了他的作品的取材。

(三)重視悲劇的價值:意志所驅策的世界,是一個苦痛的世界,不幸的是,吾人

四〇 同註八,頁1714。
四一 同上註,頁1715。
四二 同上註,頁1800。

恆束縛在「生存意志」之下，因此，人生到頭來，終不免是一場大悲劇，這就是叔本華所持的悲苦的人生觀。

叔本華肯定了擺脫「勸善懲惡」的純粹悲劇的價值，說：「所謂悲劇需要勸善懲惡，則完全建築在對悲劇的誤解上面，亦即對世界的本質的誤解的上面……只有那愚笨的、淺薄的、理性主義的……其對人生的看法，才需要勸善懲惡，並在勸善懲惡中獲得滿足。悲劇的真正意義，是更深一層的領悟，英雄們所贖的不是他們自己的罪惡，而是原始的罪惡，即生存本身的罪惡。」[四三]又說：「無論從效果之大或完成之困難方面看，悲劇都應視為詩歌藝術的極頂，事實上也被視為詩歌藝術的極頂。」[四四]本此觀點，王靜安特別推崇「徹頭徹尾之悲劇」的紅樓夢，在「紅樓夢評論」文中，王靜安說：「生活之欲之罪過，即以生活之苦痛罰之，此即宇宙之永遠的正義也。自犯罪自加罰，自懺悔自解脫，美術之務，在描寫人生之苦痛，與其解脫之道。」[四五]而紅樓夢之價值，即在「以其示人生之真相，又示解脫之不可已」，使讀之者，「知生活與苦痛之不能

四三　同註二五，頁221。
四四　同上註，頁219。
四五　同註八，頁1607。

相離，由是絕其生活之欲，而得解脫之道。」[四六]即或不能解脫，也可從超然於利害之純粹意象中，獲得短暫的慰藉。

因此，王靜安提出了「詩歌者，描寫人生者也」，當然是苦痛的人生的創作觀，也是順理成章的一件事了。而其詞作之抒寫人生，於其悲苦若不勝負荷，實亦在「示人生之真相」而已。

肆、創作的動機

事物的發生，必有來由，創作的開始，更不能沒有因緣。探討王靜安所以寫作人間詞的動機，大約有下列四項：

(一) 興趣的移轉：

王靜安因為身體羸弱，生性憂鬱，「人生之問題，日往復於吾前，自是始決意從事

四六 同上註。

哲學的研究。」[四七]他認為：「宇宙人生之問題，人人所不得解也，其有能解釋此問題之一部分者，無論其出於本國，或出於外國，其償我知識上之要求，而慰我懷疑之苦痛者，則一也。」[四八]最先閱讀的是翻爾彭的社會學，及文之名學，海甫定之心理學，接著再讀巴爾善的哲學概論，文特爾彭的哲學史。結果是「遂得通其大略」。然後開始接觸康德、叔本華及尼采等人的學說。王靜安頗為滿意此一時期的收獲，曾感嘆地說：「此則當日志學之初所不及料，而在今日於得以自慰藉者也。」[四九]

王靜安研究哲學，原只希望能解答日往復吾前的人生問題，而竟然獲得了始未料及的成果，本可循此精進，更上層樓，可是他那天才的智慧，卻發現了唯心哲學跟實證主義自然主義哲學的不可得兼，而為之矛盾困惑不已。三十「自序」說：「余疲於哲學有日矣，哲學上之說，大都可愛者不可信，可信者不可愛。余知真理，而余又愛其謬誤。偉大之形而上學，高嚴之倫理學與純粹之美學，此吾所酷嗜也，然求其可信者，則寧在知識論上之實證論，倫理學上之快樂論，與美學上之經驗論。知其可信而不能愛，覺其可愛而不能信，此二三年中最大之煩悶。而近日之嗜好所以由哲學而移於文

四七　同註八，頁1785。
四八　同上註，頁1705。
四九　同上註，頁1786。

學，則欲於其中求直接之慰藉者也。」[五〇]

因為哲學帶來了新的困惑，「以余之力，加之以學問，以研究哲學史，或可操成功之券。然為哲學家則不能，為哲學史則又不喜，此亦疲於哲學之一原因也。」[五一]不過從哲學的研究之中，他發現了文學可以提供「直接之慰藉」，興趣乃為之轉移，而人間詞就由此誕生了。

（二）苦痛的發洩：

哲學帶來的困惑，終於迫使王靜安另外覓得了解脫的途徑，就是從文學的創作中，來發洩人生的苦痛。

叔本華說：「透過藝術的創作與欣賞，我們將意志所生的欲望世界提昇到忘我的精神世界中，這時我們可暫時忘卻人世的不幸與痛苦。」[五二]王靜安也說：「美術之務，在描寫人生的苦痛與其解脫之道，而使吾儕馮生之徒，於此桎梏之世界中，離此生活

五〇　同上註，頁1787。

五一　同上註，頁1788。

五二　張尚德譯，《人生的智慧》，台北，志文出版社，民62年，頁128。

之欲之爭鬥，而得其暫時之和平。」又說：「而美術中，以詩歌戲曲小說為其頂點，以其目的在描寫人生故。」[五三]

這一種苦痛的描寫與宣泄，所獲得的快樂，是無可比擬的。王靜安說：「一旦豁然悟宇宙人生之真理，或以胸中惝恍不可捉摸之意境，一旦表諸文字、繪畫、雕刻之上，此固彼天賦能力之發展，而此時之快樂，決非南面王之所能易者也。」[五四]

正因如此，遂驅使王靜安從事填詞，並曾有意於戲曲的創作。

（三）天才的實踐：

徐中舒的「王靜安先生傳」說：「先生少年於學自待甚高，其靜安文集中叔本華天才之說，殆引以自況者歟？」[五五]這個看法是很正確的。

當他謙虛的時候，所說的是：「若夫余之哲學上及文學上之撰述，其見識文采亦誠有過人者，此則汪氏中所謂『斯有天致，非由人力，雖情符曩哲，未足多矜』者，固

五三　同註八，頁1608。
五四　同上註，頁1716。
五五　引自王德毅《王國維年譜》，頁396。

不暇為世告焉。」又說：「若夫深湛之思，創造之力，苟一日集於余躬，則俟諸天之所為歟，俟諸天之所為歟！」[五六]雖把特殊成就歸功於「天」，卻隱然可以嗅到「天才」的氣息了。

至於自詡的時候，口氣就完全不同了。「自南宋以後，除一二人外，尚未有能及余者。」又：「卒至此者，天也，非人力之所能為也……求之古代作者，罕有倫比。」又：「方之侍衛，豈徒伯仲，此固所得於天者獨深。」[五七]都可明顯看出，他是以天才自負的。

人間詞甲稿序中，「不勝古人，不足以與古人並」[五八]這一句話，正告訴我們，人間詞的寫作，確是「天才的實踐」，因為偉大的作品，只屬於真正的天才。

詞集中有三首和前人原韻的長調，一是「水龍吟」，〈用章質夫蘇子瞻唱和韻詠楊花〉；一是「齊天樂」，〈用姜白帚原韻詠蟋蟀〉；一是「霜花腴」，〈用夢窗韻補壽彊村侍郎〉。不惜來與古人爭勝，大概也可以當作天才實踐的佐證吧。尤其「水龍吟」一首，人間詞話說：「東坡水龍吟詠楊花，和韻而似原唱。章質夫詞，原唱而似和韻，

五六　同註五〇。
五七　同上註。
五八　同註八，頁1477。

才之不可強也如是。」[五九]更可看出王靜安「逞才」的心態。

（四）詞論的印證：

王靜安治學，有一個特色，就是具備了敏銳的歷史眼光。所謂「其治一學，必先核算過去之成就，以明現在所處之地位，而定將來之途徑。」因此當他有意從事戲曲創作（按、王靜安在三十自序中自云有志於此），就先行完成了「宋元戲曲史」；有意研究甲骨金文，就先行完成「釋殷虛書契前後編」及「金文著錄表」；有意研究元史，就先行完成「元朝秘史地名索引」。那麼人間詞之刊行，雖在靜安文集之後而在人間詞話之前，但在填詞之際，他的心中即隱然有一種詞論存在，並影響他的創作，應是很自然合理的事。人間詞話的撰作，也必因填詞的成功，有所印證發明，持論因之而趨於更自信。從靜安文集中的「文學小言」、「論哲學家與美術家之天職」、「古雅之在美學上之位置」、「紅樓夢評論」等文，到人間詞的兩篇序，以迄人間詞話，其承襲的脈絡及蛻變的痕跡，是很明顯可以看出的。

抛開人間詞話不論，在人間詞序中，王靜安標舉「意境」二字，來作為創作與評賞

五九　同註三，頁18。

的準則，並說「夙持此論」，又自許其所作，為「真能以意境勝」，那麼為印證這「夙持」的詞論，而隨之以實際的創作，應也是促使人間詞產生的一個重要因素吧！

伍．結語

周一平說：「王國維受到西方文化的孕育、營養，但他又不是容閎式的完全西化的人物，他同時也受著中國傳統文化的孕育、營養，可以說，孕育他的母體是傳統文化，他是中西多元文化的產兒。」[六〇]正因面對中西文化的交匯，既想維護傳統的舊文化，又要汲取西方的新思想，加以對當代詞風的反對，自不能不有破陳出新的作為。更重要的是，他具備了叔本華所說的「在哲學、政治、詩歌或藝術方面超群出眾的人，似乎都是性情憂鬱的」[六一]這種天才的憂鬱與才情，才能在新思潮的衝擊之下，獨與叔本華的思想相契，從而讓叔本華的哲學思想在其作品中開花結果。

六〇　周一平，《中西文化交匯與王國維學術成就》，上海，學林出版社，1999，頁21。

六一　同註三一。

胡適曾說：「黃遵憲頗想用新思想和新材料，所謂『古人未有之物，未闢之境』來作當日所謂的新詩……這種新詩，用舊風格寫極淺近的意思……實在平常得很，淺薄得很。」王靜安的人間詞，用的正是「新思想新材料」，卻不淺近更不淺薄，獨能「以舊風格含新意境」[六二]，其意義不僅在光榮結束舊詞時代，尤為接踵的新文學發揮了「啟新」的作用。繆鉞說：「叔本華哲學思想是否純正，乃另一問題，而靜安能將叔本華哲學寫入詩詞，遂深刻清新，別開境界……近人喜言新詩，詩之新不僅在形式，而尤重內容。王靜安以歐西哲理融入詩詞，得良好之成績，不啻為新詩試驗開一康莊。」[六三]楊家駱先生也說：「觀堂詞既融清哲為一體，亦為現代人愛詞研詞之由來，信足通古今中外之郵，而可為其結穴之所在也。」[六四]二人之說，允為定論，實深獲我心！

六二　胡適，《胡適文存》第二集，台北遠東圖書公司，民72年，頁213。
六三　同註二。
六四　見楊家駱《清詞別集一百三十四種》識語，台北，鼎文書局，民65年。

The Writing Background and Motivation of Wang, Guowe' s ren-jian Cih

Abstract

Wan, Guowe claimed the Literature Evolutionism. However, he engaged himself to the invention of the old poetry and gained the outstanding achievements. It is really a special phenomenon of the Literature History. This paper aims to understand the reasons of the Wan, Guowe's innovation from the viewpoints of the literacy circles' oppose. It wants to understand the ideology of the invention from the viewpoints of the time background. It also wants to discuss his inventing motivation from the viewpoints of the shift of the interests, outlets of anger, and the fulfillment of the talent theory. Finally, this paper expects to explain his special phenomenon reasonably.

之四：人間詞的名稱與兩篇序

（國立高雄海洋科大學報第二十期・二〇〇五年）

提要

本篇研究的重點，在探討王靜安為其詞集命名《人間詞》的原由，並分析比對相關資料，確定《人間詞》的兩篇序是王靜安託名「樊志厚」所作。解開了潛藏於王靜安內心的「人間」情結，將有助於深入理解王靜安創作的動機與其作品的特殊意義。確定了王靜安託名自我作序，更將有助於印證王靜安自負於「藝術天才」的人格特質，同時對於其「夙持」的詞論，找到了最初的依據。

關鍵詞：人間詞、人間詞話、王靜安、王國維

壹、前言

王靜安執愛「人間」二字，其詞集取名《人間詞》，其詞話取名《人間詞話》，而一百一十五首詞作中，「人間」竟用了三十八次之多。這當然不是即興的作為，必有其特殊的人生觀及創作觀隱含其間。

而《人間詞》兩篇序的作者，如果真是「樊志厚」，那麼這兩篇序就沒有什麼探討的空間與價值。如果兩篇序是王靜安自己託名所作，這不僅強烈地透露王氏迴異的人格特質，而影響其詩詞創作與詞學批評的理論源頭，都將由此窺見。畢竟，短短的兩篇序文之中，不但處處顯現王靜安「天才式」的自信與自負，《人間詞話》的評騭準則與對詞人的抑揚臧否，也早已一致的表露在其序中。

本文將採用「內容分析法」，從不同的角度深入分析比對相關的資料，藉以破解隱藏在王靜安內心深處的特殊情結。

貳、人間詞的名稱

王靜安的詞集，原名《人間詞》，分為甲稿及乙稿，各有一篇序。根據序末所記，《人間詞》甲稿刊行於光緒丙午（1906）三月，王靜安是年三十歲，《人間詞》乙稿則刊行於次年十月。

至於兩稿所收的詞數，因原書今已不可見，故無法確知。我們僅能從〈乙稿序〉中所述：「去歲夏，王君靜安集其所為詞，得六十餘闋，名曰人間詞甲稿，余既敘而行之矣，今冬復彙所作詞為乙稿。」[一]得知甲稿有詞六十餘闋，乙稿有詞多少卻未交代。不過三十〈自序〉有云：「余之於詞，所作尚不及百闋。」[二]則可推想乙稿大約有三十闋左右吧。日人鈴木虎雄曾說：「君之詞集曰『人間』，我幸得借讀君之親筆本，亦有活字印本，於活字本上，君自註記刪存，我尚未知兩者出入如何。」[三]其刪存情形，即其友人也不能確知，吾人就更難考訂了。

一《海寧王靜安先生遺書》（以下簡稱遺書），第四冊〈苕華詞：樊志厚序〉，台北，台灣商務印書館，民 65 年，頁 1477–1481。
二《遺書》第四冊，〈靜安文集續編：自序二〉，頁 1788。
三 引自王德毅，《王國維年譜》，台北，台灣商務印書館，民 56 年，頁 199。

《海寧王靜安先生遺書》錄有《苕華詞》一卷，收詞九十二闋。另在《觀堂集林》卷二十四中，收《長短句》二十三闋，標為「乙巳至己酉」所作，其年代為光緒三十一年到宣統元年，王靜安二十九歲到三十三歲。

《苕華詞》九十二首加上《長短句》二十三首，合計一百十五首，就是今日流傳的王靜安的全部詞作。

然不論《苕華詞》或《長短句》，都已經不是本來的面目。《苕華詞》中，有〈百字令〉一首，標記戊午（民七年）所作；〈霜花腴〉一首，為己未（民八年）所作；另〈鷓鴣天〉一首及〈清平樂〉一首，則為庚申（民九年）的作品，至少以上四首絕非《人間詞》甲乙稿所有。

按、王靜安晚年改其詞集為《履霜詞》，旋又改為《苕華詞》（有民六年排印本），當是目睹國事搶攘，兵亂不已，痛念民生凋敝，而想藉此寄託他的戒懼之情。易坤卦初六云：「履霜堅冰至」，應是其所本。而「苕華」則出自詩小雅〈苕之華〉篇。詩序說：「大夫閔時也，幽王之時，西戎東夷，交侵中國，師旅並起，因之以饑饉，君子閔周室之將亡，傷己逢之，故作是詩也。」鄭箋：「今當其難，自傷近危。」又箋：

「自傷逢今世之難，憂悶之甚。」[四]其心情都與王靜安晚年相似。試看王靜安自沉所留字條所說的：「五十之年，只欠一死，經此世變，義無再辱。」應更可了解他那一份危懼憂悶的心情了。

可是，他的詞幾乎都是在宣統元年之前所創作的，那段時間，清室尚存，王靜安既未特意關心政治，也不可能有傷時之痛，因此「苕華」一詞，實不能切合當初寫作的背景與心情。

倒是「人間」一詞，絕非即興用之，而是潛藏王靜安內心深處的特別執愛的直接流露。

王靜安作詞的那幾年，正是從醉心叔本華哲學而逐漸轉移興趣於文學的時期。由於自身的才性與叔本華頗為相近，所受影響遂特別深，思想因而充滿了悲觀的色彩，所寫的作品，也自然多在抒發人生的感慨。

王靜安認為人生是苦痛的，他說：「生活之本質何？欲而已矣。欲之為性無厭，而其原生於不足，不足之狀態，苦痛是也。既償一欲，則此欲以終，然欲之被償者一，

四　十三經註疏》第二冊，台北，藝文印書館，民54年，頁526。

而不償者什佰，一欲既終，他欲隨之，故究竟之慰藉終不可得也。即使吾人之欲悉償，而更無所欲之對象，厭倦之情即起而乘之，於是吾人之生活，苦負之而不勝其重。故人生者，如鐘表之擺，實往復於苦痛與倦厭之間者也。夫倦厭固可視為苦痛之一種，有能除去此二者，吾人謂之曰快樂。然當其求快樂也，吾人於固有之苦痛外，又不得不加以努力，而努力亦苦痛之一也。且快樂之後，其感苦痛也彌深。故苦痛而無回復之快樂者有之矣，未有快樂而不先之或繼之以苦痛者也。……然則人生之所欲，既無以逾於生活，而生活之本質又不外乎苦痛，故欲與生活與苦痛三者，一而已矣。」[五]

人生既是無止境的苦痛，就不能不借詩歌的抒寫，來獲取純粹的慰藉。所謂「詩歌者，描寫人生者也。」[六]所謂「美術之務，在描寫人生之苦痛與其解脫之道，而使吾儕馮生之徒，於此桎梏之世界中，離此生活之欲之爭鬥，而得其暫時之平和，此一切美術之目的也。」[七]

而人間之世，正是人生之所存寄。對於王靜安心中的人生所存所寄的人間，筆者所

五　《遺書》第四冊，〈靜安文集：紅樓夢評論〉，頁1594。

六　《遺書》第四冊，〈靜安文集續編：屈子文學之精神〉，頁1809。

七　同註五，頁1608。

撰〈王國維的人間執愛〉一文中，曾以不同層面加以探討，茲摘其要如下：

一、從生理層面來看，王靜安的人間，是缺陷的是冷酷無情的。不但自己「體素羸弱，不能銳進。於學進無師友之助，退有生事之累。」而且四歲即喪母，成長後與妻兒又聚少離多。〈病中即事〉一詩，正道出此中的痛苦與從中生出的厭世之情：「滴殘春雨住無期，開盡園花臥不知。因病廢書增寂寞，強顏入世苦支離。擬隨桑戶游方外，未免楊朱泣路歧。聞道南山薇蕨美，膏車徑去莫遲疑。」

二、從心理的層面來自看，王靜安的人間是衝突的是令人困惑的。王靜安因為「體素羸弱，性復憂鬱，人生之問題，日往復於吾前。」而決意從事於哲學。可是他那天才的智慧，卻發現唯心哲學與實證主義自然主義哲學之不可得兼，而為之深感矛盾困惑。三十〈自序〉說：「余疲於哲學有日矣，哲學上之說，大都可愛者不可信，可信者不可愛。余知真理，余又愛其謬誤，知其可信而不能愛，覺其可愛而不能信，此二三年中最大之煩悶。而近日之嗜好所以漸由哲學而移於文學，則欲於其中求直接之慰藉者也。要之，余之性質欲為哲學家，則感情苦多而知力苦寡；欲為詩人，則又苦感情寡而理性多。」此問的心情，發而為詩是：「試問何鄉堪著我，欲求大道況多歧。人生過處唯存悔，知識增時只增疑。」（六月二十七日宿硤石）發而為詞是：「辛苦

錢塘江上水，日日西流，日日東趨海。」（蝶戀花）

三、從天才的層面來看，王靜安的人間是憂苦的是永恆的孤寂：「嗚乎！天才者，天之所斬而人之不幸也。蚩蚩之民，飢食渴而飲，老身長子以遂其生活之欲，斯已耳。彼之苦痛，生活之苦痛而已，彼之快樂，生活之快樂而已。過此以往，雖有大疑大患，不足以攖其心。人之永保此蚩蚩之狀態者，固其人之福祉而天之獨厚者也。若夫天才，彼之所缺陷者與人同，而能獨洞見其缺陷之處，彼與蚩蚩者俱生而獨疑其所以生。一言以蔽之，彼之生活也與人同，而其以生活為一問題也與人異，彼之生於世界也與人同，而其以世界為一問題也與人異。夫天才之大小，與其知力意志之大小為比例，故苦痛之大小，亦與天才之大小為比例。」這種天才的苦痛，正是叔本華所說的「天才所以伴隨憂鬱的原因，就一般來觀察，那是因為智慧之燈愈明亮，愈能看透『生存意志』的原形，那時才了解我們竟是一付可憐相，而興起悲哀之念。」發而為詞，就是如是的悲哀：「試上高峰窺皓月，偶開天眼覷紅塵，可憐身是眼中人。」（浣溪沙）

四、從哲學的層面來看，王靜安的人間是陰鬱的是徹底幻滅的；王靜安承襲了叔本華的見解：「人們雖為驅散苦惱而不斷的努力著，但苦惱不過只換了一付姿態而已。這種努力不外是為了維持原本缺乏、困窮的生命的一種顧慮。要消除一種痛苦本就十分困難，即使倖獲成功，痛苦也會立刻以數千種其他姿態呈現。這些痛苦若不能化成其他意態而呈現的話，就會穿上厭膩、倦怠的陰鬱灰色外衣，那時為了擺脫掉它，勢需大費周章了。而縱使倦怠得以驅除，痛苦恐怕也將回復原來的姿態再開始躍躍欲動。」一此種無止境的苦痛，在他的詠〈蠶〉一詩裡表露無遺：「余家浙水濱，栽桑徑百里。年年三四月，春蠶盈筐篚。蠕蠕食復息，蠢蠢眠又起。口腹雖累人，操作終自己。絲盡口卒瘏，織就鴛鴦被。一朝毛羽成，委之如敝屣。耑耑索其偶，如馬遭鞭箠。呴濡視遺卵，怡然即泥滓。明年二三月，蠡蠡長孫子。茫茫千萬載，輾轉周復始。嗟汝竟何為，草草閱生死。豈伊悅此生，抑由天所畀。畀者固不仁，悅者長已矣。勸君歌少息，人生亦如此。」

五、從學術的層面來看，王靜安的人間是功利的是令人絕望的。王靜安自云：「余畢生惟與書冊為伴，故最愛而最難捨去者，亦惟此耳。」一可是眼中的學界，卻是「顧嚴氏（按、嚴復）其興味之所存，非哲學的而寧為科學的也。附和此說者，於自然主義之根本思想，固瞢然無知，聊借其枝葉之語，以圖遂其政治上之目的耳。康氏（按、康有為）之於學術，非其固有之興味，不過以之為政治上之手段，荀子所謂今之學者以為禽犢者也。譚氏（按、譚嗣同）之說，其興味不在此等幼稚之形而上學，而在其政治上之意見。庚辛以還，各種雜誌接踵而起，此等雜誌本不知學問為何物，而但有政治上之目的。同治及光緒初年之留學歐美者，以純粹科學專其家者，獨無所聞，其有哲學興味如嚴復氏者，亦只以餘力及之，其能接歐人深邃偉大之思想，吾決其必無也。」媚俗的風氣，讓王靜安有了這樣的感慨：「有天才者，往往不勝孤寂之感。……余岑寂而無友兮，羌獨處乎帝之庭，冠玉冕之崔巍兮，夫固跼蹐而不能勝。」長期的世濁我清，人醉我醒，終不免落得「掩卷平生有百端，飽經憂患轉冥頑。」（浣溪沙）

六、從社會的層面來看，王靜安的人間是晦暗的是充滿壓迫的。當時的社會，在他筆下是無比墮落的：「古人之疾飲酒田獵，今人之疾雅片賭博；西人之疾在酒，中人之疾雅片。前者陽疾，後者陰疾也。前者少壯的疾病，後者老耄的疾病；前者強國的疾病，後者亡國的疾病；前者欲望的疾病，後者空虛的疾病也。」所以然者，「自國家之方面言之，必其政治之不修也，教育之不溥及也；自國民之方面言之，必其苦痛及空虛之感，深於他國民，而除雅片外，別無所以慰藉之術也。」加上「外患日逼，民生日困，雖有智者，亦無以善其後。」「皇室奇變，一月以來，日在驚濤駭浪間。」難怪王靜安萬念俱灰之餘，要大嘆『終古詩人太無賴，苦求樂土向塵寰！』（雜感）而且有了如此的決絕：「書成付與爐中火，了卻人間是與非」（書古書中故紙）！可

以說，王靜安所經所歷，所感所觸的人間，是叔本華所謂「生之意志」所支配的生生死死的人間，是徹頭徹尾的苦痛的人間。[八]

王靜安「苦求樂土向塵寰」，卻不論是治文學，治哲學，治金石，治史地，都不能讓他「遠於現實之人生，而可暫忘生活之欲。」不但解脫之道不可得，反而招來更多的矛盾與掙扎。從王靜安多次以「人間」自署[九]，更可證王靜安已與「人間」畫上等號，已全然成為苦痛的化身。

苦痛的身心，苦痛的人間，發而為詩歌，難怪要處處表現出對人間之世的深致哀憫，且處處盈滿無可奈何的喟嘆了。

先不論靜安詞的內容，僅看他一百十五闋詞中，竟然用了三十八個「人間」之句，就可以了解其用心之一班了。

八　以上參見陳茂村，〈王國維的人間執愛〉，國立高雄海洋科大學報19期，民93年，頁68-76。

九　日人榎一雄在《東洋文庫書報》第八號上發表〈王國維手鈔手校詞曲書二十五種〉，錄出跋署「人間」者六種：在《寧極齋樂府》跋中署「人間」、在《姑溪詞》識語中署「人間附記」、在《尊前集》跋中署「人間」、在淮南宣氏刻本《梅苑》跋中署「人間識」、在《紫齋笙譜》跋中署「人間記」、在棟亭刻本《梅苑》跋中署「人間詞隱記」。資料引自周一平《中西文化交匯與王國維學術成就》，上海，學林出版社，1999，頁156。

如「墜歡新恨，是人間滋味。」如「人間事事不堪憑，但除卻無憑兩字。」如「人間孤憤最難平」，如「人間只有相思分」，莫不源自對人間的苦痛的最切身感受。不僅在詞中如此，就是同時期的詩文，也可見到人間二字，如詩中之「了卻人間是與非」，「人間地獄真無間」，也用了多處，而雜文中也有〈人間嗜好之研究〉這樣的題目，詞論則逕以《人間詞話》名之，凡此都足以證明，王靜安特別執愛「人間」一詞，絕不是出於無意的。

「歡場只自增蕭瑟，人海何由慰寂寥，不有言愁詩句在，閒愁那得暫時消。」這是王靜安早期所寫〈拚飛〉七律中的詩句，毋寧可以看作他創作《人間詞》的真實心境吧。

參、人間詞甲乙稿序

《人間詞》甲乙稿各有一篇序，寫序的是「山陰樊志厚」。

不過，有些學者卻認為，這兩篇序文是王靜安自撰而託名樊志厚的。

趙萬里說：「此序與乙稿序，均為先生自撰，而假名於樊君者。」一〇

繆鉞說：「靜安自作人間詞甲乙稿序（此文託名樊志厚，實則靜安自作），謂其詞『意深於歐而境次於秦。』」一一

賀光中說：「樊志厚論意境及品評古人詞，與觀堂毫無出入，趙君萬里撰先生年譜，以為樊序為靜安自撰而假名於樊者，殆或然歟。」一二

徐調孚說：「署名山陰樊志厚的的《人間詞》甲乙兩稿序，據趙萬里先生所作《年譜》，實是王國維自己的作品。」一三

王幼安說：「此二序雖為觀堂手筆，而命意實出於樊氏。觀堂廢稿中曾引樊氏之語，而樊氏所賞諸詞，《觀堂集林》亦不盡入選，可證也。」一四

一〇《新編中國名人年譜集成：王靜安先生年譜》，台北，台灣商務印書館，民67年，頁8。

一一 繆鉞，《詩詞散論：王靜安與叔本華》，台北，開明書局，民68年，頁72。

一二 賀光中，《論清詞》，台北，鼎文書局，民69年，頁23-212。

一三 徐調孚，《校注人間詞話：後記》，台北，漢京文化公司，民69年。

一四 王幼安，《校訂人間詞話》，台北，河洛圖書出版社，民68年，頁256。

王德毅也說：「此序（甲稿序）與乙稿序均為先生自撰，而託名於樊志厚。」[一五]

周策縱先生則說：「此序實係靜安自己手筆，命意或出於樊氏，似亦為靜安所認可者。」[一六]

葉嘉瑩教授認為：「此序人言是靜安先生自作而託名樊志厚樊志厚者，即使不然，而其序言亦必深為靜安先生所印可者也。」[一七]

滕咸惠亦云：「首先提出兩序是王氏作品的趙萬里先生已經去世，他的王氏年譜確實沒有詳談這個說法的根據。但趙先生是一個治學嚴謹的學者，他絕不會毫無根據地硬把別人作品說成王氏作品，當為王氏告知。筆者在京時，也曾向他面詢此事，他明確回答：『是靜安先生所撰。』語氣肯定，未作任何解釋。」[一八]

有關這兩篇序，筆者擬從幾個角度來探討：

一五　同註三，頁37。

一六　周策縱，《論王國維人間詞》，香港，萬有圖書公司，1972，頁25。

一七　葉嘉瑩，《王國維及其文學批評：說靜安詞浣溪沙一首》，台北，明倫出版社，民68年，頁462。

一八　引自葉程義，《王國維詞論研究》，台北，文史哲出版社，民80年，頁421。

一、樊志厚與樊炳清

序中樊志厚云：「王靜安將刊所為人間詞，詒書告余曰：『知我詞者莫如子，敘之亦莫如子宜。』余與君處十年矣，比年以來，君頗以詞自娛，余雖不能詞，然喜讀詞。每夜漏始下，一燈熒然，玩古人之作，未嘗不與君共。君成一闋，易一字，未嘗不以訊余。既而睽離，苟有所作，未嘗不郵以示余也。然則余於君之詞，又烏可以無言乎。」[一九]像這樣一個深深影響其詞作的十年老友，情誼實非泛泛，可是從靜安交遊的資料中及往返的書信裡，竟然找不到此人存在的有力證據。也就是說，「樊志厚」其人，只在此二序中出現過，故可以相信，樊志厚其人，當是王靜安的「影子」而已。

按、王氏友人中有山陰樊炳清，字少泉，又字亢甫，筆名抗父。而樊志厚與樊炳清的唯一聯結，是前引王幼安所提到的「觀堂廢稿中曾引樊氏之語，而樊氏所賞諸詞，《觀堂集林》亦不盡入選。」所謂廢稿所引之語，曰：「樊抗夫謂余詞如〈浣溪沙〉之『天末同雲』、〈蝶戀花〉之『昨夜夢中』、『百尺高樓』、『春到臨春』等闋，鑿空而道，開詞家未有之境。余自謂才不若古人，然於力爭第一義處，古人亦不如我用意耳。」[二〇]

一九　同註一。
二〇　同註一八，頁416。

其論調其口氣，皆與王靜安無異。且王靜安不稱樊氏「抗甫」或「抗父」，而別稱「抗夫」，此種曖昧的作為，似亦在模糊地落實「樊志厚」其人的存在。即或「樊抗夫」確是「樊炳清」，葉程義教授有云：「焉知非觀堂藉樊氏之口筆而譽揚之，藉以避免『內臺叫好』之嫌也。」[二一] 這個看法實在頗令人玩味也。更何況王氏還有託名作序之習慣。至於「樊氏所賞諸詞，《觀堂集林》亦不盡入選」云云，《觀堂集林》之編，已是民國十年之事，是時靜安心境已然丕變，即最執愛之《人間詞》名稱，亦已易名《履霜詞》再易為《苕華詞》，則其賞詞之標準，必然與十五年前大大不同，此固不待爭論者矣。

二、託名作序

王靜安有託名作序或撰文的事實，如民五年四月，「睢寧姬佛陀」序學術叢編，實靜安代筆。同年五月，又署名「太隆羅詩」為前書作序。民六年六月，為姬覺彌作釋文乙卷，附在所輯英倫哈同氏所藏龜甲獸骨之後，又託名「太隆羅詩」作序。民十年，靜安致書友人某君，與論詩書中成語，其二封，乃輯平日所撰經義雜記而成，其體裁託為書信，實無友人某君之存在。民十二年三月，觀堂集林版行於世，羅振玉為之作序，實乃靜安先自撰就，後經羅氏改訂。殷虛書契考釋一書，實際上是王靜安所作，卻署

二一 同註一八，頁419。

名羅振玉。[二二]

又、朱淵清亦云：「1925年7月，清華四導師之一的王國維先期到校，他為暑期補習學校作了一次意義深遠的講演，題目是〈最近二三十年間中國新發見之學問〉。這篇演講當時載入在《學衡》（1925/9）、《清華週刊》（1925/9）、《科學》（1926/9）等數種雜誌。其實這篇演講，王國維已經準備了很久很久。早在1922年的2月，王國維就已化名抗父在《東方雜誌》19卷3期上發表了內容大致一樣的〈最近二十年間中國舊學之進步〉」[二三]。這個說法如果可以確信，就更可證明所謂「樊抗夫謂余詞如〈浣溪沙〉」云云，果然是王靜安的「夫子自道」而已。

由上所舉來看，我們有理由相信，王靜安對於他所自負的詞集，「知我莫如己」地自行作起序來，當也是很合理的一件事。

二二　同註三，頁146、175、232、262。
二三　朱淵清，《再現的文明——中國出土文獻與傳統學術：第四章：王國維的預言》，華東師範大學出版社，2001。

三、兩序的口氣，極度自信自負，與王靜安殊無二致。

王靜安的三十「自序」說：「近年嗜好之移於文學，亦有由焉，則填詞之成功是也。余之於詞，雖所作尚不及百闋，然自南宋以後，除一二人外，尚未有能及余者，則平日之所自信者也。雖比之五代北宋之詞人，余愧有所不如，然此等詞人，亦未始無不及余之處。」[二四]又說：「若夫余之哲學上及文學上之撰述，其見識文采亦誠有過人者，此則汪氏中所謂『斯有天致，非由人力，雖情符曩哲，未足多矜』者，固不暇為世告焉。」[二五]再看樊志厚的〈甲稿序〉說：「讀君自所為詞，則誠往復幽咽，動搖人心，快而沈，直而能曲，不屑屑於言詞之末，而名句間出，殆往往度越前人。至其言近而指遠，意決而辭婉，自永叔以後，殆未有工如君者也。君始為詞時，亦不自意其至此，而卒至此者，天也，非人之所能為也。若夫觀物之微，託興之深，則又君詩詞之特色，求之古代作者，罕有倫比。嗚乎！不勝古人，不足以與古人並，君其知之矣。」[二六]〈乙稿序〉中又說：「靜安之為詞，真能以意境勝。……大抵意深於歐而境次於秦。至其合作，如甲稿浣谿沙之天末同雲，蝶戀花之昨夜夢中，乙稿蝶戀花之百尺朱樓等闋，

二四　同註二。
二五　《遺書》第四冊，〈靜安文集續編：自序〉，頁1787。
二六　同註一。

皆意境兩忘，物我一體。高蹈乎八荒之表，而抗心乎千秋之間，駸駸乎兩漢之疆域，廣于三代；貞觀之政治，隆于武德矣。方之侍衛，豈徒伯仲，此固君所得於天者獨深，抑豈非致力於意境之效也。」[二七]

豈僅是其詩詞特色，「求之古代作者，罕有倫比」，兩人自信之篤，自負之深，求之古代作者，尤是罕有倫比！

揚己的口吻如此，抑人的口吻又如何呢？

談到王靜安最痛恨的南宋詞人，〈甲稿序〉云：「尤痛詆夢窗玉田，謂夢窗砌字，玉田壘句，一雕琢，一敷衍，其病不同，而同歸於淺薄。六百年來詞之不振，實自此始。」〈乙稿序〉也說：「及夢窗、玉田出，並不求諸氣體，而惟文字是務，於是詞之道息矣。」又說：「若以其體裁故，而至遽指為北宋五代……固當與夢窗玉田之徒專事摹擬者，同類而笑之也。」[二八]

二七　同上。

二八　同上。

王靜安在〈文學小言〉中說：「至南宋以後，詞亦為羔雁之具，而詞亦替矣。」[二九]在《人間詞話》中則說：「若夢窗、梅溪、玉田、草窗、西麓等輩，面目不同，同歸於鄉愿而已。」[三〇]又說：「梅溪、夢窗、玉田、西麓諸家，詞雖不同，無同失之膚淺。」[三一]又說：「夢窗之詞，吾得取其詞中之一語以評之，曰映夢窗凌亂碧；玉田之詞，余得取其詞中之一語以評之，曰玉老田荒。」[三二]又說：「如玉田、草窗之詞，所謂一日作百首也得者也。」[三三]又說：「朱子謂梅聖俞詩不是平淡，乃是枯槁，余謂夢窗、玉田之詞亦然。」[三四]

兩人譏評的口氣，嫌厭的心態，真是如出一轍！

對於國朝詞人，〈甲稿序〉抨擊說：「自南宋以後，斯道之不振久矣。元朝及國初諸老，非無警句也，然不免乎局促者，氣困於雕琢也。嘉道以後之詞，非不諧美也，

二九　《遺書》第四冊，〈靜安文集編：文學小言〉，頁1806。
三〇　王國維，《人間詞話》，香港，中華書局，1974，頁23。
三一　同註三〇，頁48。
三二　同註三〇，頁25。
三三　同註三〇，頁45。
三四　同上。

然無救於淺薄者，意竭於摹擬也。」〈乙稿序〉也說：「至乾嘉以降，審乎體格韻律之間者愈微，而意味之溢于字句之表者愈淺，豈非拘泥文字，而不求諸意境之失歟？抑觀我觀物之事，自有天在，固難期諸流俗歟？」[三五]

而國朝代表人物之一，標榜「神韻說」的王漁洋，即使「學術文章，照耀一世，主持風雅，門人眾多」[三六]，王靜安的評價卻是：「若國朝之新城，豈徒言一人之言已哉，所謂『鶯偷百鳥聲』者也。」[三七]而一代宗匠浙西派的朱彝尊，主張「世人言詞必稱北宋，然詞至南宋始極其工。」[三八]在清代詞壇居於領導地位者百餘年。王靜安不屑論其詞，逕就其詞論而鄙之曰：「竹垞以降之論詞者，大似沈歸愚，其失也，枯槁而庸陋。」[三九]

凡此，皆不難嗅出兩人同一鼻息之氣味也。

三五　同註一。

三六　王易，《詞曲史》，台北廣文書局，民55年，頁461。

三七　同註二九，頁1805。

三八　朱彝尊，《詞綜：發凡》，台北，中華書局，民66年。

三九　同註三〇，頁52。

四、對詞人的喜好一致

〈甲稿序〉云：「君之於詞，於五代喜李後主、馮正中，於北宋喜永叔、子瞻、少游、美成，於南宋除稼軒、白石外，所嗜蓋鮮矣。」〈乙稿序〉也說：「溫、韋之精艷，所以不如正中者，意境有深淺也。珠玉所以遜六一，小山所以愧淮海者，意境異也。美成晚出，始以辭采擅長，終不失為北宋人之詞者，有意境也。南宋詞人之有意境者，唯一稼軒。」又說：「夫古今人詞之以意勝者，莫若歐陽公，以境勝者，莫若秦少游。至意境兩渾，則唯太白、後主、正中數人足以當之。」[四〇]

以上論五代兩宋詞人，偏好李後主、馮正中、歐陽修、秦少游、蘇東坡、周美成、辛棄疾、李太白、姜白石，與王靜安在人間詞話中所推崇者大多相同。

《人間詞話》說：「唐五代之詞，有句而無篇，南宋名家之詞，有篇而無句。有篇有句，唯李後主降宋後之作，及永叔、子瞻、少游、美成、稼軒數人而已。」[四一]又說：「予於詞，五代喜李後主、馮正中而不喜花間。宋喜同叔、永叔、子瞻、而不喜美成。

四〇 同註一。
四一 同註三〇，頁50。

南宋只愛稼軒一人，而最惡夢窗、玉田，」[四二]

有關飛卿、正中之比較，《人間詞話》有類似評論：「張皋文謂：『飛卿之詞，深美閎約。』余謂：此四字唯正中足以當之。劉融齋謂：『飛卿精艷絕人。』差近之耳。」[四三]推許「馮正中詞雖不失五代風格，而堂廡特大，開北宋一代風氣。」[四四]

有關小山、淮海之比較，《人間詞話》也有如是評論：「馮夢華宋六十一家詞選序例謂：『淮海、小山，古之傷心人也。其淡語皆有味，淺語皆有致。』余謂此唯淮海足以當之。小山矜貴有餘，但可方駕子野、方回，未足抗衡淮海也。」[四五]

對於李太白，王靜安推崇：「太白純以氣象勝，『西風殘照，漢家陵闕。』寥寥八字，遂關千古登臨之口。」[四六]對於李後主，則推崇「詞至李後主而眼界始大，感慨遂

四二　同註三〇，頁70。

四三　同註三〇，頁5。

四四　同註三〇，頁8。

四五　同註三〇，頁14。

四六　同註三〇，頁4。

深，遂變伶工之詞而為士大夫之詞。」[四七]「尼采謂：『一切文學，余愛以血書者。』後主之詞，真所謂以血書者也。」[四八]「李重光之詞，神秀也。」[四九]對於秦少游、歐陽修，則推崇：「少游詞境最為淒婉。」[五〇]「永叔……於豪放之中有沈著之致，所以尤高。」[五一]「詞之雅鄭，在神不在貌，永叔、少游雖作艷語，終有品格。」[五二]對於蘇東坡、辛棄疾，則推崇：「讀東坡、稼軒詞，須觀其雅量高致，有伯夷、柳下惠之風。」[五三]「東坡之詞曠，稼軒之詞豪，無二人之胸襟而學其詞，猶東施之效捧心也。」[五四]「東坡之曠在神。」[五五]「幼安之佳處，在有性情，有境界。即以氣象論，亦有『橫素波、干青雲』

四七　同註三〇，頁7。
四八　同註三〇，頁8。
四九　同註三〇，頁7。
五〇　同註三〇，頁14。
五一　同註三〇，頁13。
五二　同註三〇，頁15。
五三　同註三〇，頁23。
五四　同註三〇。
五五　同註三〇，頁52。

之概。」[五六]以上諸人皆有褒無貶。而於周美成一人，在詞話中則有褒有貶，不過稱揚多於指摘：「美成深遠之致不及歐秦，唯言情體物，窮極工巧，故不失為第一流作者，但恨創調之才多，創意之才少耳。」[五七]也與乙稿序中「終不失為北宋人之詞者」的論定相吻合。

比較有出入的是姜白石。

〈甲稿序〉中說於南宋獨喜愛稼軒與白石，可是《人間詞話》中，有關白石的評述多達十數條，除一二處略作稱許之外，大多是貶抑之詞。林枚儀先生即據此而認為「此二序不應為王氏所作」，他說：「在王氏的詞論中，常歷數自己喜歡的詞人，說法都大致相同，但卻從來不舉白石，由他對白石的評語來看，如『白石有格而無情』、『無言外之味，絃外之響，終不能與於一流之作者』、『如霧裡看花，終隔一層』、『白石之詞，余所最愛者，亦僅二語，曰：淮南皓月冷千山，冥冥歸去無人管。』等等，皆可見王氏不喜白石，此序獨云喜白石，其非出於王氏可知。』[五八]

五六　同註三〇，頁23。
五七　同註三〇，頁16。
五八　林枚儀，《晚清詞論研究：第九章：王國維》，國立台灣大學中國文學研究所博士論文，民68。

在「無言外之味，絃外之響，終不能與於一流之作者」這則中，不知林先生是有意或無意漏掉了很重要的一句：「古今詞人格調之高，無如白石，惜不於意境上用力，故覺……」這跟〈乙稿序〉所說的「白石之詞，氣體雅健耳，至於意境，則去北宋人遠甚。」[五九]論調也頗相侔，都以為白石詞在意境上有所缺欠。

更重要的是，因為白石詞「格調高」、「氣體雅健」，深為靜安喜愛，實是無可置疑的。王靜安在〈古雅之在美學上之位置〉一文中，推許「古雅」的價值，說：「……其去文學上之天才蓋遠，徒以有文學上之修養故，其所作遂帶典雅之性質，而後之無藝術上之天才者，亦以其典雅故，遂與第一流之文學家等類而觀之。」並認為「姜夔之於詞，且遠遜於歐、秦，而後人亦嗜之者，以雅故也。由是觀之，則古雅之原質，為優美及宏壯中，不可缺之原質，且得離優美宏壯，而有獨立之價值，則固一不可誣之事實也。」[六〇]從這裡我們終於明白王靜安確實而且真正喜愛白石的理由了，因為他喜愛白石詞的「古雅」。

至於元明以後，王靜安在《人間詞話》中僅僅推崇納蘭成德一人，說：「納蘭容若

五九　同註一。

六〇　《遺書》第四冊，〈靜安文集編：古雅之在美學上之位置〉，頁1797。

以自然之眼觀物，以自然之舌言情，此由初入中原，未染漢人習氣，故能真切如此，北宋以來，一人而已。」[六一]又說：「『明月照積雪』、『大江日月流』……此種境界可謂千古壯觀，求之於詞，唯納蘭容若塞上之作，如……差近之。」[六二]乙稿序則說：「納蘭侍衛以天賦之才，崛起於方興之族，其所為詞悲涼頑艷，獨有得於意境之深，可謂豪傑之士，奮乎百世之下者矣。同時朱陳既非勁敵，後世蔣項，尤難鼎足。」[六三]都不難看出是出於同樣的眼光。

五、評騭的準則不異

〈乙稿序〉提出了「意境」二字，作為月旦臧否的依據，說：「文學之事，其內足以攄己，而外足以感人者，意與境二者而已。上焉者意與境渾，其次或以境勝，或以意勝，苟缺其一，不足以言文學。原乎文學之所以有意境者，以其能觀也。出於觀我者，意餘於境，而出於觀物者，境多於意。然非物無以見我，而觀我之時，又自有我在，故二者常互相錯綜，能有所偏重，而不能有所偏廢也。文學之工不工，亦視其意境之

六一　同註三〇，頁27。
六二　同註三〇，頁26。
六三　同註一。

有無與其深淺而已。自夫人不能觀古人之所觀，而徒學古人之所作，於是始有偽文學。學者便之，相尚以詞，相襲以摹擬，遂不復知意境之為何物，豈不悲哉！苟持此以觀古今人之詞，則其得失，可得而言焉。」六四

可是《人間詞話》卻說：「詞以境界為最上，有境界則自成高格，自有名句。」六五兩者似乎有所不同。不過吾人仔細推敲詞話的「境非獨謂景物也，喜怒哀樂，亦人心中之一境界。故能寫真景物、真感情者，謂之有境界，否則謂之無境界。」六六應可肯定，序中所謂「意」者，即詞話的「真感情」，「境」者，即詞話的「真景物」。畢竟兩者「能有所偏重，而不能有所偏廢」，因此才能有意境，也才能構成境界。

人間詞話後出，所以特別標舉「境界」二字，當是王靜安對於自己的批評見解更有自信之後，刻意捨棄不夠響亮的「意境」一詞，而別取帶有術語色彩的專詞，來樹立一家之言。詞話又說：「然滄浪所謂興趣，阮亭所謂神韻，猶不過道其面目，不若鄙

六四　同上。
六五　同註三〇，頁1。
六六　同註三〇，頁3。

人拈出『境界』二字，為探其本也。」[六七]又說：「言氣質，言神韻，不如言境界，有境界，本也，氣質、神韻，末也，有境界而二者隨之矣。」[六八]不難看出他意欲凌駕前人而自立門戶的心態。由意境易為境界，最大的不同，在意境分為意與境，而境界則只言境，如「有造境、有寫境」，如「有有我之境，有無我之境」，比對「境非獨謂景物也，喜怒哀樂，亦人心中之一境界。故能寫真景物、真感情者，謂之有境界」之語，則知此境界之「境」已包含意境之「意」與「境」矣。

或許王靜亦察覺「境界」專詞，易與世俗常用源自佛教之「境界」一詞混淆，而無法給予讀者鮮明而精確之認知，在《人間詞話》之後出版的《宋元戲曲史》中，又捨棄「境界」而用「意境」一詞，說：「元戲最佳之處……一言以蔽之，曰有意境而已。何以謂之有意境，曰：寫情則沁人心脾，寫景則在人耳目，述事則如其口出是也。」[六九]足證「意境」一語，本來就是王靜安一直推尚的。

試看《靜安文集》〈文學小言〉中有一則：「古今之成大事業大學問者，不可不歷

六七　同註三〇，頁4。
六八　同註三〇，頁37。
六九　王國維，《宋元戲曲考等八種》，台南，僶勉出版社，民64年，頁106。

三種之階級：『昨夜西風凋碧樹，獨上高樓，望盡天涯路。』（晏同叔蝶戀花）此第一階級也。『衣帶漸寬終不悔，為伊消得人憔悴。』（歐陽永叔蝶戀花）此第二階級也。『眾裡尋他千百度，驀然回首，那人卻在燈火闌珊處。』（辛幼安青玉案）此第三階級也。未有不歷第一第二階級，而能遽躋第三階級者。文學亦然，此有文學上之天才者，所以又需莫大之修養也。」[七〇]經修改後收入《人間詞話》中，變成：「古今之成大事業大學問者，必經過三種之境界：『昨夜西風凋碧樹，獨上高樓，望盡天涯路。』此第一境也。『衣帶漸寬終不悔，為伊消得人憔悴。』此第二境也。『眾裡尋他千百度，驀然回首，那人卻在燈火闌珊處。』此第三境也。此等語皆非大詞人不能道，然遽以此意解釋諸詞，恐為晏歐諸公所不許也。」[七一]「三種之階級」可以改成了「三種之境界」。那麼從詞序的「意境」逐漸衍變為自成一家的「境界」，應也是很合情很合理的吧。

肆、結論

七〇 同註二九，頁1802。

七一 同註三〇，頁13。

透過以上之分析探討，吾人可得如下之理解：

一、王靜安因主客觀的因素，「洞觀宇宙人生之本質，始知生活與苦痛之不能相離。」[七二]既肯定了「欲與生活與苦痛三者，一而已矣。」則王靜安早就心存厭離的人間（〈蝶戀花〉：「若是春歸歸合早，餘春只攪人懷抱。」早已透露這個消息），當然亦僅是徹頭徹尾的悲劇的舞台而已。吾人甚至可以說：「王靜安與人間與悲劇三者，一而已矣。」因此，王靜安潛藏在深層意識中的「人間」情結，於其懂事以來，就是如影隨形的。一旦要藉著詞作來「描寫人生的苦痛」，「人間」二字，情不自禁就流露在詞集的名稱，就流露在詞作的內容，甚至流露在「人間」的署名裡了。同時，《人間詞》獨特的風格與價值，於焉形成，而終獲致如此的稱許：「靜安所作詩詞不多，而頗有特色，其中含有哲學意味，清邃淵永，在近五十年之作家中，能獨樹一幟。」[七三]

二、叔本華說：「藝術只屬於真正有天才的人，而這種人很難見到。」[七四]王靜安

七二　同註五，頁1607。
七三　同註一一，頁72。
七四　劉大悲譯，《意志與表象的世界》，台北，志文出版社，民67年，頁216。

亦云：「天才者，或數十年而一出，或數百年而一出。」[七五]又云：「美術者，天才之製作也，此自汗德以來，百餘年間學者之定論也。」[七六]叔本華以天才自居，王靜安當不遑自讓。因此王靜安實踐的，正是叔本華的「大非謙遜之德」：「惟大詩人見他人見解之膚淺，而此外尚多描寫之餘地，始知己能見人之不能見，而言人之所不能言。故彼之著作，不足以悅時人，足以自賞而已。若以謙遜為教，則將並其自賞者亦奪之乎……一切古代之詩人，其自述也莫不有矜貴之色……故大人而不自見其大者，殆未之有。唯細人者，自顧其一生之空無所有，而聊託於謙遜以自慰……格代亦云：唯一無所長者，乃謙遜耳。」[七七]這種自居於「藝術天才」而表現出來的極度自信自負與極度尖酸刻薄，筆之於〈三十自序〉及〈甲乙稿序〉及《人間詞話》中都是一致的。可以說，屬於天才的這種人格特質，是王靜安所獨具的，而所託「樊志厚」其人絕不與焉。

三、張蔭麟曾說：「先生治學方法視並世諸家有一特具之優長，即歷史眼光之銳敏是也。其治一學必先核算過去之成就，以明現在所處之地位而定將來之途徑。其作詞也，則先有其詞學史觀（散見《人間詞話》，尚有一卷未刊）。其欲創作戲曲也（先生

七五 同註二九，頁1803。
七六 同註六〇，頁1790。
七七 《遺書》第四冊，〈靜安文集：叔本華與尼采〉，頁1646。

實嘗有志於此，見其自序），則先成《宋元戲曲史》，後此治古器物文字，治遼金元史，莫不如是。」[七八]按、靜安欲研究甲骨金文，已先完成《釋殷虛書契前後編》及《金文著錄表》，有意研究元史，亦先完成《元朝秘史地名索引》。至於《人間詞》的刊行，雖在《人間詞話》之前，卻在《靜安文集》之後。文集中的〈紅樓夢評論〉、〈文學小言〉、〈論哲學家與美術家的天職〉、〈古雅之在美學上之位置〉，已為自己的創作先行立下遵循的指標，而〈甲乙稿序〉的撰寫，更是證明他在填詞之際，心中即隱然有「夙持」的詞論在影響他的創作。

確定了〈甲乙稿序〉確是王靜安託名所作，則其詞論承襲的脈絡與蛻變的痕跡，明顯可見。也才能解釋〈甲乙稿序〉何以與靜安的《人間詞話》如此吻合：所好者如一，所惡者不異，有褒有貶者相同，貶多褒少者亦同，而其評騭之格調與準則亦如出一轍，正落實了所謂「余與靜安均夙持此論」。王靜安的自編自演，對於研究其詞學理論與批評，無疑提供了最直接最可靠的寶貴資料。

七八　素癡，〈靜安先生與晚清思想界〉，《學衡》64期，民17年，頁23。

A Study of The Title and Two Prefaces of "Jen-Chien Ci"

Abstract

The aim of this research is to explore the reasons why Jing-An Wang uses the title of " Jen-Chien Ci" for his poetry and to analyze and to compare other relevant literature. Thus this research is to verify the two prefaces of "Jen-Chien Ci"which Jing-An Wang made use of the name of "Zhi-Hou Fan" as the author.

This research is to clarify the complex of "Jen-Chien" in his mind. Thus it helps people understand the purpose of writing his poetry and the special meanings of this poety. If it can prove that the author uses Zhi-Hou Fan's name, then we can understand deeply the genius of arts, Jing-An Wang's special personality, at the same time, to find out the basis of the theory of literature he claims.

Keywords: Jen-Chien Ci, Jen-Chien Ci-Hua, Jing-An Wang, Kuo-Wei Wang.

後記

拙著之撰寫，習慣融匯大量詩詞或經文，上下貫串來表達一個理念，大多未詳細解說。雖然有些段落略感艱深，卻可以留給讀者寬闊的思考與體會空間。相信有緣的朋友，必能察覺作者的這等用意。

詩在描寫心聲，禪在識自本心，詩心禪心，本為一心。會得此中消息，不論賞詩或讀經，都不難心開意解矣。請看李翱《呈藥山禪師》：「鍊得身形似鶴形，千株松下兩函經。我來問道無餘說，雲在青天水在瓶。」請看蘇軾《觀潮》：「廬山煙雨浙江潮，未到千般恨不消。到得原來無別事，廬山煙雨浙江潮。」請問，何者是詩？何者是禪？

狼藉枝頭多少香，只因不遇攀花手。寶峰照禪師有偈云：「一口吸盡西江水，鷓鴣啼在深花裡。自有知音笑點頭，由來不入聾人耳。」作者在此衷心感謝所有笑點頭的知音朋友。

也要特別感謝蘭臺出版社的兩位主編張加君與沈彥伶小姐，以及參與編輯設計校對還有後續行銷的工作人員。有諸位的費心費力幫忙，拙著才能順利出版問世，感恩再感恩！

陳茂村　謹識于僶勉書齋

國家圖書館出版品預行編目資料

王國維的「人間」執愛與我的詩情人生 / 陳茂村
著 . -- 初版 . -- 臺北市 : 蘭臺, 2019.05
面； 公分 --（人文小品系列；10）
ISBN 978-986-5633-79-0（平裝）
1. 王國維 2. 學術思想 3. 詞論

823.88 108006958

人文小品系列 10

王國維的「人間」執愛與我的詩情人生

作　　者：陳茂村
編　　輯：張加君、沈彥伶
美　　編：沈彥伶
封面設計：塗宇樵
出 版 者：蘭臺出版社
發　　行：蘭臺出版社
地　　址：台北市中正區重慶南路 1 段 121 號 8 樓之 14
電　　話：(02)2331-1675 或 (02)2331-1691
傳　　真：(02)2382-6225
E—MAIL：books5w@gmail.com 或 books5w@yahoo.com.tw
網路書店：http://bookstv.com.tw/
https://www.pcstore.com.tw/yesbooks/
博客來網路書店、博客思網路書店
三民書局、金石堂書店
總 經 銷：聯合發行股份有限公司
電　　話：(02) 2917-8022　傳 真：(02) 2915-7212
劃撥戶名：蘭臺出版社　帳號：18995335
香港代理：香港聯合零售有限公司
地　　址：香港新界大蒲汀麗路 36 號中華商務印刷大樓
C&C Building, 36,Ting, Lai, Road, Tai,Po, New,Territories
電　　話：(852)2150-2100　傳真：(852)2356-0735
經　　銷：廈門外圖集團有限公司
地　　址：廈門市湖里區悅華路 8 號 4 樓
電　　話：86-592-2230177　傳 真：86-592-5365089
出版日期：2019 年 5 月 初版
定　　價：新臺幣 350 元整（平裝）
ISBN：978-986-5633-79-0